D0910112

Dans la même série

Celtina, La Terre des Promesses, roman, 2006.

Celtina, Les Treize Trésors de Celtie, roman, 2006.

Celtina, L'Épée de Nuada, roman, 2006.

Celtina, La Lance de Lug, roman, 2007.

Celtina, Les Fils de Milé, roman, 2007.

Celtina, Le Chaudron de Dagda, roman, 2007.

Jeunesse

Les pièces d'or de Nicolas Flamel, série Phoenix, détective du Temps, Montréal, Trécarré, 2007.

Le sourire de la Joconde, série Phoenix, détective du temps, Montréal, Trécarré, 2006.

Le Concours Top-Model, Montréal, Trécarré, coll. «Intime», 2005.

L'amour à mort, Montréal, SMBi, coll. «SOS», 1997.

La falaise aux trésors, Montréal, SMBi, coll. «Aventures & Cie», 1997.

Une étrange disparition, Montréal, SMBi, coll. «Aventures & Cie», 1997.

Miss Catastrophe, Montréal, Le Raton Laveur, 1993.

Adultes

Verglas (avec Normand Lester), Montréal, Libre Expression, 2006.

Quand je serai grand, je serai guéri! (avec Pierre Bruneau), Montréal, Publistar, 2005.

Chimères (avec Normand Lester), Montréal, Libre Expression, 2002.

CORINNE DE VAILLY

CELTINA
LA CHAUSSÉE DES GÉANTS

LES INTOUCHABLES

Les Éditions des Intouchables bénéficient du soutien financier de la SODEC et du Programme de crédits d'impôt du gouvernement du Québec.

Nous remercions le Conseil des Arts du Canada de l'aide accordée à notre programme de publication.

Nous reconnaissons l'aide financière du gouvernement du Canada par l'entremise du Programme d'aide au développement de l'industrie de l'édition (PADIÉ) pour nos activités d'édition.

LES ÉDITIONS DES INTOUCHABLES
4701, rue Saint-Denis
Montréal, Québec
H2J 2L5
Téléphone : 514-526-0770
Télécopieur : 514-529-7780
www.lesintouchables.com

DISTRIBUTION : PROLOGUE
1650, boulevard Lionel-Bertrand
Boisbriand, Québec
J7H 1N7
Téléphone : 450-434-0306
Télécopieur : 450-434-2627

Impression : Transcontinental
Illustration de la couverture : Boris Stoilov
Conception de la couverture et logo : Benoît Desroches
Infographie : Geneviève Nadeau

Dépôt légal : 2008
Bibliothèque et Archives nationales du Québec
Bibliothèque nationale du Canada

ISBN : 978-2-89549-305-1

Chapitre 1

Une silhouette déchira imperceptiblement le voile de brume qui recouvrait la plaine, puis, lentement, la forme imprécise gravit la colline recouverte d'herbes courtes et grignotées jour après jour par les vents. Le soleil disparaissait à l'horizon, colorant le ciel d'une teinte rosée parsemée de longs filaments blancs. Au sommet de la butte, le cheval s'arrêta de lui-même et son cavalier, épuisé et courbaturé, en descendit péniblement.

L'adolescent, petit mais de toute évidence solidement bâti, se dirigea d'une démarche mal assurée vers un monticule de pierres sur lequel il se laissa tomber. Il passa une main calleuse* sur son visage fatigué, écartant de ses yeux des nattes de cheveux bruns alourdies de poussière. Son regard erra longtemps sur la plaine, cherchant à percer la brume persistant par endroits, comme s'il tentait de s'orienter. Mais il ne découvrit rien qui pût le renseigner sur le lieu désolé où il venait d'échouer.

Découragé, il baissa les yeux et entreprit de délacer ses bottes de cuir, car ses pieds le faisaient souffrir depuis des heures. Ce fut alors qu'il remarqua un étrange rocher à l'apparence presque humaine, dressé vers le ciel et aux trois quarts enseveli sous le tertre.

En Celtie, les pierres de ce genre étaient nombreuses ; certaines étaient porteuses de légendes à propos de guerriers héroïques et de druides réputés, qui s'y étaient attachés afin de ne jamais tourner le dos à l'ennemi et de combattre jusqu'à la mort sans possibilité de fuite.

Fierdad*, jeune guerrier des Fianna, songea que c'était sans doute le sort qui l'attendait. Un jour ou l'autre, il devrait lui aussi affronter la mort dans un violent face à face.

Il s'assit sur le sol puis, adossé à la pierre dressée, il allongea ses jambes fourbues, laissant son esprit divaguer vers ses compagnons, qu'il avait quittés une lune plus tôt. Sur ordre de Finn, le chef de l'Ordre des chevaliers des Quatre Royaumes, et pour marquer officiellement son intégration aux Fianna en menant sa première mission, Fierdad devait trouver Diairmaid, fils de Mac Oc et de Caer*, et le convaincre de se joindre à la troupe de Finn.

Groupe de chasseurs-guerriers, les Fianna vivaient en nomades sous l'autorité de leurs propres chefs. Ils étaient environ quatre mille hommes et femmes ; chacun de leurs chefs dirigeait un groupe de vingt-sept personnes. À la belle saison, de Beltaine* à Samhain*, ils parcouraient les forêts à la poursuite de gibier ou de butins, ou vendaient leurs services aux rois et chefs de clans qui avaient besoin de mercenaires pour mener leurs guerres ou défendre leurs biens. Pendant la mauvaise saison, de Samhain à Beltaine, certaines compagnies de Fianna trouvaient refuge dans les villages, nourris et logés par les habitants qu'ils protégeaient. Ils étaient chargés de certaines missions, par exemple de collecter les tributs ou les impôts levés par un clan contre un autre, ou de faire régner la justice en appliquant les châtiments prescrits en cas de vol, d'exaction en tout genre ou d'injustice. Férocement indépendants, les Fianna n'obéissaient pas au pouvoir royal. Ils ne s'inclinaient que devant leurs propres dirigeants et surtout devant Finn, leur maître à tous. Ils étaient partout chez eux, même s'ils possédaient en propre deux lieux fortifiés de belles dimensions : la forteresse d'Allen et celle d'Almu, toutes deux situées dans le Laighean, la patrie d'origine de Finn.

Fierdad était fier d'appartenir aux Fianna qui ne constituaient ni une race, ni une tribu, ni une caste. On ne naissait pas Fianna, on le devenait, lui avait dit Deirdriu*, l'espionne au service de Finn qui l'avait recruté, et, pour y parvenir, les conditions étaient rigoureuses. Au sein de cet ordre très sélect, on trouvait aussi bien des descendants de Fir-Bolg, de Domnonéens que de Thuatha Dé Danann, en plus de nombreux mortels comme lui venus des quatre coins de la grande Celtie.

Le jeune homme espérait commander un jour sa propre troupe, mais avant d'être choisi lors de l'Anaoch, l'assemblée générale des Fianna, il devait prouver sa bravoure et sa sagesse. Il esquissa un sourire en se disant que la formation de druide qu'il avait reçue à Mona lui donnait toutefois une longueur d'avance sur plusieurs aspirants au titre de commandant.

Émergeant de ses rêveries, il constata que la brume s'en était allée lentement et que les derniers rayons de Grannus réchauffaient à peine la morne plaine. Pour se relever, il posa ses mains sur l'étrange pierre qui avait accueilli sa fatigue.

Soudain, il ressentit une palpitation sous ses paumes, comme si le cœur du rocher sombre vibrait. Intrigué, il retira vivement ses mains et les examina attentivement. Elles étaient devenues toutes chaudes et légèrement rosées. Un grand calme l'envahit et sa fatigue se dissipa, sortant de ses bras et de ses jambes comme un fluide s'en échappant. Il posa de nouveau ses mains avec précaution sur la roche, puis y appliqua son front. Encore une fois, une douce chaleur se glissa en lui ; il ferma délicatement les yeux et se sentit revigoré, comme s'il avait dormi des heures entières.

Sous son carcan de pierre, Celtina frémit au contact des mains de Fierdad. Si le regard de la cockatrice avait pu transformer son enveloppe extérieure en dur granite, son organisme interne n'avait pas été atteint et ses fonctions naturelles, quoique ralenties, n'en furent pas moins réactivées par le fluide druidique de son ancien compagnon d'études.

Encore ankylosée par sa longue captivité, la prêtresse ne parvint cependant pas à se projeter dans l'esprit de Fierdad pour l'appeler au secours ; d'ailleurs, elle ne le reconnut pas. Elle savait seulement qu'une force druidique, bien que mal contrôlée, était susceptible la tirer de sa mauvaise posture.

Les yeux de Celtina cillèrent de douleur alors qu'une lumière blanche perçait l'obscurité de sa gaine de granite. Elle remua et se frotta les paupières. En constatant qu'elle pouvait maintenant se mouvoir, elle retint un instant son geste, s'interrogeant sur ce qui lui arrivait et sur ce phénomène sur lequel elle ne pouvait encore mettre aucun mot.

Peu à peu, la blancheur ambiante se dissipa, et Celtina constata qu'elle évoluait dans un monde parallèle à la réalité. Elle voyait très bien Fierdad, mais ce dernier ne pouvait avoir conscience de sa présence. Lorsqu'elle lui effleura le bras, même si le jeune homme frissonna, il mit cela sur le compte de sa station allongée prolongée et il tira sa cape sur lui pour chasser la fraîcheur de la fin du jour. Le cheval hennit, comme s'il sentait la présence de Celtina, mais il ne s'enfuit pas. Pourtant, la jeune prêtresse savait les chevaux sensibles aux manifestations immatérielles. Malaen le lui avait maintes fois prouvé.

Elle tourna son regard vers le bas de la colline et découvrit dans le lointain une fumée qui s'élevait au-dessus d'une forêt profonde. Assurément, il y avait de la vie là-bas, probablement une cabane où elle pourrait trouver refuge. Fierdad, les yeux tournés dans la même direction, ne vit ni fumée ni forêt, tout au plus quelques arbres rabougris, vestiges d'un bois, aujourd'hui rasé, qui avait autrefois accueilli les douleurs de l'enfantement d'une fugitive.

En apposant ses mains et son front sur le rocher de granite, Fierdad était loin de se douter qu'il avait, par son fluide druidique incontrôlé, précipité Celtina dans le passé. Il s'allongea de nouveau, prêt à passer la nuit dans cet endroit surélevé d'où il pouvait surveiller les alentours.

Celtina recouvra entièrement ses esprits au moment où elle se rendit compte que sa cape s'était accrochée à un bosquet d'épines. Elle se trouvait maintenant au plus profond de l'immense forêt qu'elle avait aperçue à son réveil, sans se souvenir d'avoir quitté la colline et de s'être mise en marche.

Elle regarda tout autour d'elle et tendit l'oreille. Il n'y avait aucun bruit, ni le son d'une source, ni le bruissement d'une feuille, ni le craquement d'une branche, pas même le déplacement d'air d'un animal, d'un insecte ou d'un oiseau. Pourtant, ses narines frémissantes n'avaient cessé de capter l'odeur âcre de la fumée. Manifestement, un feu brûlait quelque part. Était-il dû à un quelconque incendie allumé par la foudre ou à un bûcher dressé par une main humaine? Elle ne pouvait le dire, car quel que fût l'endroit où elle fixait son regard, la nature ne lui renvoyait qu'un calme oppressant.

Elle dégagea sa cape en ôtant un à un et avec précaution les crochets de betilolen* qui étaient demeurés suspendus à ses vêtements. Elle enfouit ces bractées* dans son sac; elles pourraient lui être utiles plus tard pour soulager un mal de dents ou des démangeaisons cutanées. Elle reprit ensuite sa marche, en se concentrant cette fois davantage sur son environnement. Elle devait se frayer un passage entre de hautes fougères, contourner des buissons épineux, retenir son pas lorsqu'il foulait l'humus pour ne pas écraser les champignons qu'elle s'empressait de cueillir pour son prochain repas ou pour les décoctions qu'elle pourrait en tirer. L'odeur de fumée s'éloignait parfois ou se rapprochait selon les caprices du vent.

Elle arriva enfin à l'orée d'une clairière et s'abrita derrière le fût d'un large chêne pour observer les environs. Du toit percé d'une cabane de branchages et de peaux tannées s'échappait la fumée qui avait guidé ses pas. Les battements de son cœur s'accélérèrent. Un instant, elle revit en pensée la cabane de la sorcière Katell*, sa nourrice aveugle. Un sentiment de nostalgie infiltra ses pensées et une larme glissa sur sa joue. Elle l'essuya avec vivacité, furieuse contre elle-même de ce laisser-aller inopportun.

Elle demeura de longues minutes immobile, puis, comme aucune menace ne se profilait à l'horizon mais qu'elle ne parvenait pas non plus à fouiller la cabane par sa seule force mentale, elle se résolut à avancer à découvert vers l'entrée. Un pleur de nourrisson la figea à mi-chemin. Tendue comme la corde d'un arc, elle attendit. D'autres cris aigus succédèrent aux premiers. Elle se précipita vers la cabane, effrayée à l'idée qu'une sorcière pût être en train d'y sacrifier un bébé. Elle enfonça la porte d'un coup de pied et débaula, l'épée à la main, au milieu d'une pièce embuée.

Dans un premier temps, elle ne vit rien à cause de la fumée, puis elle se mit à tousser pour expulser ces émanations de bois brûlé de ses poumons, et enfin elle découvrit le nouveau-né, couché dans un lit de paille et recouvert d'une cape à carreaux bleu et or.

Aux côtés du poupon, trois femmes à la mine effrayée s'étaient dressées pour faire rempart de leur corps au bébé vagissant. Comprenant sa méprise, la prêtresse baissa son épée et écarta doucement les bras pour montrer qu'elle ne leur voulait aucun mal.

La plus jeune des trois femmes prit le bébé dans ses bras, qui porta sa bouche à un sein offert à ses lèvres goulues. Celtina poussa un soupir de soulagement; de toute évidence, l'enfant n'était pas menacé. Elle rengaina son arme.

Elle se présenta et apprit que la jeune femme s'appelait Muirné et était la mère du petit Demné, le nouveau-né. Quant aux deux autres femmes, il s'agissait de la prêtresse-magicienne Bodmall et de la guerrière-magicienne Liath Luachra. Elles prièrent Celtina de s'asseoir et lui demandèrent de raconter son histoire, comme c'était la coutume lorsqu'un hôte-surprise s'invitait chez des Celtes.

Succinctement, elle résuma quelques-unes des péripéties qui avaient marqué sa vie jusqu'à ce jour, racontant comment les Romains avaient brûlé son village et capturé ses parents. Mais elle tut sa qualité de prêtresse de l'Île sacrée, sa quête des vers d'or et ses relations avec les Tribus de Dana et les Gaëls. Au fil de ses aventures, elle avait appris que toute vérité n'était pas forcément bonne à dire, et tant qu'elle ne connaîtrait pas mieux les trois femmes, il valait mieux taire certains détails de son curriculum.

De son côté, Muirné entreprit le récit des événements qui l'avaient conduite à venir accoucher en pleine forêt, dans cette cabane enfumée.

– Tu as sans doute entendu parler de la forteresse d'Almu, commença la jeune mère.

– Elle appartient aux Fianna, confirma Celtina.

– Hum! Non, tu es mal renseignée, la reprit Muirné en la regardant de travers. Laisse-moi te raconter son histoire. Cette superbe forteresse est fort belle et solide. Tous ses murs sont recouverts d'alun*, ce qui la rend entièrement blanche et lumineuse au soleil. Elle a été bâtie par mon grand-père, Nuada à la Main d'argent*. Mon père Tagd, qui est druide, en a hérité à la mort de Nuada. Quant à ma mère, elle s'appelle Rairiu, et c'est elle qui m'a donné le nom de Muirné au Joli Cou.

– Tu es en effet fort jolie, la complimenta Celtina, et la jeune femme sourit tristement.

– Ma beauté fut la cause de mon malheur, soupira-t-elle en pressant son fils contre sa poitrine. Tagd, mon père, a reçu la visite de nombreux prétendants à ma main, car en plus d'être druide et propriétaire d'Almu, il est aussi très riche et, surtout, il est un descendant des dieux des Tribus de Dana. Mais celui qui fut le plus audacieux fut Cumhal.

En prononçant ce nom, Muirné soupira une fois encore et son regard se voila de tendresse.

– Tu as sûrement entendu parler de Cumhal, mon bien-aimé ? l'interrogea Muirné.

– Hum ! C'est que je viens de loin… s'excusa Celtina. Alors, je ne connais pas encore les noms de tous les nobles guerriers de ce pays.

– Cumhal était du clan des Baiscné. Il était aussi un guerrier royal d'Ériu, et le chef des puissants Fianna…

Celtina avala difficilement sa salive, se demandant si la cause de son trouble soudain était l'âcreté de la fumée qui continuait de flotter dans la cabane ou les mille et une interrogations qui encombraient maintenant ses pensées.

Comment est-ce possible ? La dernière fois que j'ai entendu parler du chef de l'Ordre des chevaliers des Quatre Royaumes, il s'agissait de Finn. Qui est donc ce Cumhal ? Finn est-il mort ? Je n'y comprends rien.

– Tu sais qui sont les Fianna ? lui demanda Muirné en la dévisageant avec suspicion.

– Oui, bien sûr, se hâta de répondre Celtina. Ce sont de redoutables guerriers qui possèdent de grandes richesses et même des objets magiques confiés par les Tribus de Dana.

– C'est bien ça ! opina la jeune mère. Donc, Cumhal se rendit auprès de Tagd pour me demander en mariage. Malheureusement, mon père avait eu un songe dans lequel il avait appris qu'il perdrait sa forteresse et ses richesses à cause d'un membre du clan des Baiscné. Aussi chassa-t-il Cumhal comme un malpropre.

— Aïe! s'exclama Celtina qui pressentait que la suite des événements allait se compliquer.

— Tu peux te douter que le chef de l'Ordre des chevaliers des Quatre Royaumes n'allait pas accepter d'être ainsi rabroué, poursuivit Muirné. Cumhal entra dans une violente fureur. Il guetta une occasion et, un jour, profitant de l'absence de mon père, il fit irruption dans la forteresse d'Almu et m'enleva. Je dois te dire que je n'ai pas résisté, car moi aussi j'aimais Cumhal et voulais être son épouse. Il m'a emmenée dans sa forteresse d'Allen, l'un de ses lieux de résidence favoris.

— J'imagine que ton père a mis le siège devant Allen pour te récupérer? enchaîna Celtina.

— Non. Il est allé voir Dal Cuinn…

Bon, qui c'est, encore, celui-là? se demanda Celtina. Le nom de Dal Cuinn ne lui était pas inconnu. En fait, elle l'avait entendu à Mona, de la bouche même de Maève, lorsque la grande prêtresse leur avait raconté les exploits des rois et des chefs qui occupaient l'île Verte avant que les Thuatha Dé Danann ne s'y établissent. *Peut-être que ce Dal Cuinn* est un *Fir-Bolg*, après tout? se dit-elle, de plus en plus confuse. *Il se passe des choses bizarres, ici...*

– Dal Cuinn a promis à mon père de régler l'affaire, poursuivit Muirné, sans se douter que Celtina était plus préoccupée par sa propre présence dans ce lieu inconnu que par les événements vécus par la jeune femme. Il a convoqué Cumhal et lui a ordonné de me rendre immédiatement à Tagd ou de quitter l'île Verte à tout jamais. Cumhal a reçu les émissaires avec courtoisie, mais il n'était pas question que je retourne chez mon père parce que, désormais, j'étais enceinte.

– Hum! fit Celtina en s'intéressant de nouveau à la jeune mère. Si je ne me trompe pas, en tant que protecteur de Tara, Dal Cuinn avait le devoir de rendre justice au druide... Il a dû essayer d'user de la force pour te reprendre.

– Il était devant un grave dilemme, car il était aussi l'oncle de Cumhal. Lui et le père de mon époux ont la même mère. Il a cependant choisi de faire appel à certains Fianna qui n'étaient pas du clan des Baiscné.

Celtina soupira en secouant la tête. Elle avait peur d'entendre la suite du récit de Muirné. La jeune femme allait-elle lui apprendre la fin de l'Ordre des chevaliers des Quatre Royaumes? La prêtresse songea qu'en montant les clans des Fianna les uns contre les autres, ce Dal Cuinn pouvait avoir fait exploser l'alliance qui avait uni les guerriers-nomades, peu importe leur origine. *Mais c'est impossible. Qu'est-il donc advenu de Finn? Je suis totalement perdue…*

– Les troupes de Dal Cuinn furent placées sous le commandement de trois hommes qui haïssaient Cumhal. Il y avait Urgriu, Dairé le Rouge et son fils Aed, tous trois du clan de Morna. Lorsque mon époux apprit cela, il laissa Allen à la garde de quelques serviteurs et partit à la rencontre de ses ennemis. La bataille fut sanglante. La haine déborda d'un côté comme de l'autre. Durant cette nuit terrible, Cumhal et tous ses hommes périrent sous les coups des guerriers de Morna. Cependant, avant de mourir, Luchet, l'un des compagnons de Cumhal, enfonça son épée dans l'œil d'Aed. Depuis, ce dernier se fait appeler Goll.

Le borgne, en celte, songea Celtina.

– Ivres de fureur, Goll et ses troupes se jetèrent sur la forteresse d'Allen, massacrant les serviteurs et les habitants qui s'y étaient réfugiés. Goll voulait surtout s'emparer du trésor de Cumhal, que notre intendant avait reçu pour mission de cacher.

– Je croyais que c'était pour te reprendre que cette guerre avait été déclenchée, s'étonna Celtina.

– Goll était sans doute plus intéressé par les coupes d'or, les bijoux et les armes magiques que les Thuatha Dé Danann avaient confiés aux ancêtres de Cumhal que par ma personne. Bien sûr, lui et ses hommes ont fouillé la forteresse avant de l'incendier, puis de se retirer.

– Ils ne t'ont pas trouvée ?

– Je m'étais réfugiée chez mon père, car je craignais pour la vie de mon enfant. Mais Tagd était tellement en colère qu'il m'a accusée d'avoir déshonoré son nom et sa maison, et m'a chassée. Accablée de deuil et de désespoir, je suis allée trouver Dal Cuinn. Puisqu'il avait envoyé les guerriers de Morna contre mon époux, il me devait réparation pour sa mort.

– Tu n'as pas eu peur qu'il prenne ta vie ? hoqueta Celtina.

– Il me devait sa protection, puisque je la lui réclamais, continua Muirné. Il m'a cependant fait comprendre qu'en raison des égards qu'il devait à son druide, mon père, il ne pouvait me garder auprès de lui. Il m'a envoyée vers Fiacail, un brigand qui vit de rapines* dans la forêt, et m'a placée sous sa garde. Malheureusement, Fiacail m'a appris que Goll continuait à me chercher, car il savait que j'étais enceinte et voulait tuer mon enfant. Le brigand m'a conseillé de me cacher dans un endroit où personne ne pourrait me découvrir. Et c'est ainsi que je me suis retrouvée ici, chez Bodmall et Liath Luachra. Ce matin, peu avant ton arrivée, j'ai mis au monde mon fils Demné.

Le poupon tourna son visage chiffonné vers Celtina et esquissa sa plus belle mimique.

– N'aie crainte, je ne vous trahirai pas, la rassura Celtina en caressant le front pâle du nouveau-né.

– Demain, je vais partir, murmura Muirné. Si je reste près de lui, mon fils sera toujours en danger. Il vaut mieux qu'il grandisse loin de moi, en sécurité auprès de ces deux magiciennes qui l'élèveront comme s'il était leur propre enfant.

Elle plaça le nourrisson dans les bras de Bodmall, puis s'écroula en pleurs sur le sol. Celtina s'agenouilla près d'elle pour lui murmurer des mots de réconfort. Brusquement, la jeune prêtresse sentit une chaleur intense lui traverser le corps et elle s'écroula à son tour, foudroyée.

Chapitre 2

En cherchant une position plus confortable pour la nuit, Fierdad avait de nouveau posé ses mains sur le granite, et sa force druidique avait arraché Celtina à l'époque de la naissance de Demné.

Lorsque la jeune prêtresse rouvrit les yeux, elle était allongée sous un arbre, non loin de la cabane des deux magiciennes. *Comment suis-je donc arrivée ici?* se demanda-t-elle en se tâtant partout pour s'assurer qu'elle n'était pas blessée. Son dernier souvenir la montrait agenouillée auprès de Muirné.

Des cris et des heurts d'épée interrompirent ses pensées et la firent se lever avec précipitation. Elle demeura quelques secondes sur place, l'oreille aux aguets, cherchant à percevoir un danger quelconque. Puis, comme les bruits persistaient sans pour autant se rapprocher, elle fit le tour de la masure avec précaution. Elle aperçut dans la clairière un jeune garçon blond d'une dizaine d'années qui se battait à l'épée contre un homme hirsute, sale et vêtu seulement de peaux de bêtes en lambeaux.

— Continue comme ça, et tu deviendras l'un des meilleurs combattants de ma bande, s'exclama l'homme pour encourager le garçon. Tu as toutes les qualités qu'il faut : la souplesse, la vitesse, la ruse... Il ne te manque qu'un peu de force, mais tu l'acquerras en t'entraînant très fort.

Gonflé d'orgueil par autant de louanges, le garçon fit un mouvement brusque que l'homme contra habilement, et dans la même impulsion il propulsa son jeune adversaire sur le dos. L'homme éclata de rire et Celtina frissonna à la vue de ses mâchoires noires et édentées. Elle imagina très bien l'odeur pestilentielle qui devait se dégager de cette grande bouche abîmée.

— Joins-toi à ma bande et je t'apprendrai des ruses que personne ne pourra déjouer, continua l'homme en tendant la main au garçon pour l'aider à se remettre sur ses pieds.

— Fiacail ! hurla Bodmall en sortant de sa cabane en compagnie de Liath Luachra. Je t'ai bien dit de te tenir loin de Demné ! Va-t'en !

Demné ? s'étonna Celtina, en serrant les dents. *Que s'est-il donc passé ? Il y a quelques instants à peine, il n'était qu'un bébé. Aurais-je été propulsée dans le temps ? Pourtant, je ne me souviens pas d'avoir utilisé une incantation pour réussir ce prodige... Est-ce les Thuatha*

Dé Danann qui s'amusent à mes dépens? Elle regarda tout autour d'elle. *Ou quelqu'un d'autre qui se moque de moi?*

Mais comme elle ne voyait personne qui fût capable de la provoquer ainsi, et surtout qu'elle ne percevait aucune menace, elle reporta son attention sur les quatre personnes qui occupaient la clairière.

– Ce fils de guerrier ne fera jamais partie de ta bande de brigands! continuait entre-temps Bodmall, furieuse.

Des brigands? songea encore Celtina en se rencognant un peu plus dans l'angle de la cabane. *L'homme hirsute doit sûrement être le Fiacail dont Muirné m'a parlé.*

L'homme ricana mais baissa les yeux. Il semblait redouter le regard perçant de la magicienne.

Des lustres auparavant, Fiacail et sa bande avaient scellé un pacte avec les deux occupantes des lieux. Ils avaient convenu que chacun ignorerait les actes de l'autre et qu'ils se partageraient la forêt sans chercher à se nuire.

Fiacail avait réuni autour de lui un groupe de hors-la-loi qui avaient tous quelque chose à se reprocher. En effet, la plupart d'entre eux s'étaient enfuis de leur clan ou de leur tribu pour échapper à la mort. Cependant, depuis que Fiacail s'était vu confier la tâche de mener Muirné dans la forêt pour la protéger des hommes de Morna, il n'avait cessé de surveiller l'enfant auquel elle avait donné naissance. Il avait remarqué que, à six ans déjà, le bambin faisait preuve d'une agilité et d'une habileté sans pareilles pour manier la lance, l'arc et surtout la fronde. Demné devait ses capacités à l'enseignement attentif de Bodmall et de Liath Luachra qui, elles-mêmes, grâce à leurs incantations magiques, étaient devenues expertes dans le maniement de ces armes. Fiacail s'était considérablement rapproché du jeune Demné. Depuis deux ou trois ans, il avait entrepris de l'entraîner à l'insu des magiciennes.

— Je reviendrai! grommela Fiacail en quittant finalement la clairière.

Le brigand contourna la maison à grandes enjambées, passa devant Celtina sans lui jeter un regard et entra dans la forêt en baragouinant des imprécations contre les deux nourrices de Demné.

Liath Luachra et Bodmall prirent quelques bûches de bois sec dans le tas qui jonchait le sol, un peu à l'écart de leur hutte, puis retournèrent à l'intérieur, laissant Demné s'exercer à la fronde contre un billot spécialement destiné à cet usage. Celtina ne se manifesta pas; elle continua d'observer le jeune garçon à la chevelure si blonde qu'elle en paraissait presque blanche sous les rayons du soleil.

Elle allait s'avancer vers la cabane pour parler aux deux magiciennes lorsqu'un sifflement retentit dans le bois. Aussitôt, Demné baissa sa fronde pour tendre l'oreille. Un second sifflement se fit entendre. L'enfant s'avança en direction du son. Fiacail sortit alors de derrière un buisson touffu. Il tenait un cheval par la bride et fit signe au garçon de l'enfourcher. Demné jeta un regard derrière lui pour voir si les deux magiciennes pouvaient l'apercevoir, puis, sans hésitation, il bondit sur la monture que Fiacail tira aussitôt dans la profondeur sombre des futaies.

Comme un chat sauvage, sans faire le moindre bruit, Celtina se glissa à la suite des deux fuyards.

Elle n'eut pas à aller bien loin pour découvrir que Fiacail avait conduit Demné au sein de sa bande qui bivouaquait non loin de là.

– Je ferai de toi mon successeur à la tête de la bande, déclara Fiacail à l'intention de son protégé. Tu seras le plus grand brigand qu'Ériu ait jamais porté.

Le jeune garçon souriait. Il connaissait les vantardises de son ami, mais ne pouvait s'empêcher d'admirer et d'envier la vie de bohème que menait sa bande. Il s'imaginait déjà, chevauchant, chevelure au vent, dans les prairies et les bois, détroussant les voyageurs et les commerçants, pillant les forteresses et se couvrant d'or et de gloire.

En entendant ces mots, Celtina songea qu'il était temps d'intervenir. Après avoir entendu l'histoire de Muirné, elle savait que la destinée de Demné n'était pas de devenir le chef d'un groupe de pillards sans foi ni loi. Il était le descendant d'une grande famille de nobles guerriers, tant par sa mère que par son père Cumhal, et tous deux avaient défié la mort et entretenu de plus grandes ambitions pour leur fils unique.

Elle se concentra pour entrer dans les pensées de Demné ; son but était de le détourner de ses mauvais desseins*. Mais elle eut beau essayer de toutes ses forces, elle n'y parvint pas. L'esprit de l'enfant lui était totalement fermé.

Bon, Bodmall et Liath Luachra lui ont donné une formation druidique, pensa-t-elle. *Il a appris à fermer son esprit et sait très bien le faire. Il est même plutôt doué pour son âge, surtout qu'il n'a pas été formé dans l'Île sacrée. C'est le moment d'utiliser une autre tactique.*

Elle tenta de faire le vide dans son esprit tout en invoquant son totem, le chien. Il y avait bien longtemps qu'elle n'avait pas procédé à une telle transformation, mais elle savait que ce genre de savoir ne se perdait jamais. À sa grande surprise, sa première tentative échoua.

Je suis trop tendue, je dois me calmer !

Elle inspira profondément, retint son souffle quelques secondes, puis expira calmement tout en concentrant ses pensées sur le molosse blanc aux oreilles rouges qu'elle était censée incarner. En prenant la forme d'un chien de l'Autre Monde et en bondissant au milieu de l'assemblée pour isoler Demné, elle espérait effrayer suffisamment les brigands pour qu'ils décampent sans demander leur reste. Mais une fois encore, rien ne se passa.

La crainte lui noua le ventre. *Je suis en train de perdre mes pouvoirs druidiques*, paniqua-t-elle en jetant des coups d'œil anxieux autour d'elle.

Heureusement, aucun des brigands n'avait encore décelé sa présence.

Elle n'avait plus qu'une solution : trouver du renfort. Elle recula pas à pas, craignant à tout moment de faire craquer une branche, de glisser sur une feuille humide… Si elle était surprise, elle redoutait que Fiacail n'emmène Demné plus loin où il deviendrait très difficile de le retrouver. Ou même que sa bande ne lui fasse un mauvais parti. Sans ses pouvoirs druidiques, elle serait complètement à leur merci et incapable de demander de l'aide.

Laissant pour le moment le jeune garçon en mauvaise compagnie, elle retourna à toute vitesse vers la cabane des deux magiciennes. Elle les trouva se tordant les mains de douleur et de désespoir, hurlant le nom de Demné dans les quatre directions.

– Vite! Fiacail a emmené Demné dans les bois. Ils ne sont pas loin . Vous pouvez les rattraper et agir! hurla Celtina en déboulant dans la clairière comme une bête sauvage effrayée.

Malgré les dix années qui les séparaient de leur première et brève rencontre, et surtout grâce à leurs capacités de magiciennes, Bodmall et Liath Luachra la reconnurent aussitôt. Elles se précipitèrent à sa suite dans la direction indiquée, sans lui poser une seule question sur la raison de sa présence dans ces lieux, ni lui demander comment elle savait où se trouvait Demné.

Lorsque les nourrices et Celtina arrivèrent au lieu de réunion des brigands, ces derniers s'apprêtaient à lever le camp.

— Fiacail, je te somme de nous rendre Demné! lança la guerrière-magicienne Liath Luachra sur un ton qui ne laissait rien présager de bon pour le brigand s'il refusait de se soumettre.

— Pas question, répliqua Fiacail. Il est venu se joindre à nous librement. Dorénavant, c'est moi qui me chargerai de son éducation. Un grand destin l'attend!

Fiacail tourna le dos aux deux femmes et poursuivit ses préparatifs en vue du départ prochain de la troupe. Il était en train de nouer sur son cheval les fourrures qui lui servaient de selle lorsque Bodmall l'apostropha à son tour:

— Muirné ne nous a pas confié son fils pour en faire un homme aussi vil que toi. Si tu ne le rends pas, nous te le reprendrons par la force.

– Cet enfant est destiné à devenir le chef des Fianna, pas celui des brigands, enchaîna Liath Luachra.

Aussitôt, une longue épée luisante apparut par magie au poing de la guerrière-magicienne. De son côté, Bodmall prononça plusieurs incantations qui firent frissonner Celtina. La prêtresse-magicienne était en effet en train d'invoquer de puissantes forces. Pour Celtina, il n'y avait plus aucun doute, le combat était inévitable. Les deux nourrices se tournèrent vers elle pour solliciter son appui, mais d'un signe de tête la jeune fille refusa de participer à une querelle qui ne la concernait pas. D'autant plus que les choses pouvaient tourner très mal pour elle, puisqu'elle se savait désormais privée de ses pouvoirs druidiques.

Elle avait bien une petite idée de la façon dont elle avait perdu ses facultés, mais n'ayant pu y réfléchir sereinement, elle n'en était pas entièrement sûre. La force qui la manipulait et la faisait voyager dans le temps à son insu devait être en partie responsable de cette privation de ses capacités surnaturelles. Elle souhaitait seulement que ce ne fût que temporaire et qu'elle eût la possibilité de recouvrer la maîtrise de son corps, de ses déplacements et de ses aptitudes particulières dans les plus brefs délais. Mais, pour le moment, elle ne pouvait rien faire. Même avec la meilleure volonté du monde, il lui était impossible d'invoquer Petite Furie*, le dernier talisman qui lui restait de Manannân. Quant à l'épée de Nuada, à la lance de Lug et au chaudron de Dagda, elle ne pouvait qu'espérer qu'ils étaient toujours en sa possession, sans disposer d'aucun moyen de le vérifier.

Ce fut à ce moment de ses réflexions que l'image de Banshee passa devant ses yeux et qu'elle comprit qu'en ayant perdu ses pouvoirs druidiques, elle se retrouvait également dans l'incapacité de communiquer avec sa mère. Cette constatation la laissa plus désemparée encore que la perte de ses capacités. Elle tâta son sac de jute, qu'elle avait accroché dans son dos, pour vérifier du bout des doigts que le flocon de cristal de neige y était toujours bien à l'abri.

Des bruits métalliques la ramenèrent à la réalité. Surgis de l'Autre Monde, près d'une cinquantaine d'hommes lourdement armés, portant fièrement des casques ornés d'ailes de corbeau, venaient d'apparaître sur un ordre de Bodmall et se jetaient sur les brigands avec des cris effrayants. Quelques larrons, terrifiés par l'arrivée intempestive de ces guerriers qui ne pouvaient être que des créatures surnaturelles, laissèrent tomber épées et javelots et détalèrent dans les bois. Une trentaine d'entre eux restèrent cependant autour de Fiacail et de Demné, défendant chèrement leur peau. Mais, bien entendu, le combat était parfaitement inégal. Aussitôt que l'épée d'un brigand touchait un spectre, ce dernier se fendait en deux pour donner naissance à deux nouveaux combattants. À ce rythme, les scélérats* durent rapidement reculer devant le nombre toujours croissant de leurs adversaires.

Il ne resta bientôt plus que Fiacail et deux de ses lieutenants pour poursuivre le combat. Un coup rude asséné par la guerrière-magicienne Liath Luachra sur le crâne du chef des brigands mit finalement un terme au massacre. Tandis que Fiacail rendait l'âme, les deux lieutenants s'enfuirent.

Demné n'avait pas assisté au combat. Pressentant le carnage, Celtina avait ramené l'enfant à la cabane de ses nourrices pour y attendre leur retour en toute sécurité et, surtout, loin des visions cauchemardesques de cette lutte sans merci.

Lorsqu'elles émergèrent de la forêt, Bodmall et Liath Luachra affichaient l'air paisible des gens qui ont fait leur devoir. Elles attirèrent ensuite Demné vers un banc de pierre dressé devant leur cabane et lui racontèrent l'histoire de sa famille, mais aussi celle du clan des Baiscné auquel il appartenait.

– Je jure de me venger! hurla Demné lorsque Bodmall lui eut fait le récit de la mort de son père Cumhal aux mains des hommes de Morna. Je deviendrai le chef des Fianna.

Celtina dévisageait le jeune garçon comme si elle cherchait sur ses traits des indices pouvant la mettre sur la piste d'une figure bien connue. Elle n'en était pas sûre, mais il lui semblait bien que cet enfant était…

Les mains de Fierdad glissèrent sur la pierre de granite, cherchant à absorber la chaleur mystérieuse qu'il sentait émaner du cœur du mégalithe. Cette nuit de printemps était fraîche. Le jeune Fianna ne se doutait pas que, ce faisant, il venait d'arracher Celtina au lieu et à l'époque où elle se trouvait.

Chapitre 3

Demné avait grandi en taille et en sagesse. Vivant toujours aux côtés de ses deux mères adoptives, il était devenu un habile chasseur qui, chaque jour, s'en allait à la recherche de gibier pour nourrir les magiciennes qui l'avaient recueilli.

Ce matin-là, la traque d'un cerf le mena plus loin que d'habitude, dans une vallée qu'il n'avait jamais explorée. Au cœur de cette vallée, dissimulés parmi de grands arbres feuillus, les hauts remparts d'une forteresse blanche en surplomb de la rivière attirèrent son regard. Elle brillait au soleil d'un éclat qu'il n'avait jamais vu. Assurément, il s'agissait là de la forteresse d'Almu, bâtie autrefois par son arrière-grand-père Nuada à la Main d'argent, dont ses mères lui avaient longuement narré les aventures.

Demné la contourna pour l'admirer sous tous les angles. Les palissades qui constituaient son enceinte étaient confectionnées avec art et semblaient très solides. Il s'approcha de la porte superbement décorée de spirales, de cercles, de vagues, d'entrelacs, de motifs végétaux en relief, porte qu'il trouva entrouverte et non gardée. Il prit cela pour une invitation et pénétra dans une large plaine de terre battue, située entre la barrière et la forteresse proprement dite. Il resta béat d'admiration devant les maisons érigées dans ce lieu de légende.

– Un jour, je posséderai cette forteresse, s'entendit-il prononcer entre ses dents. Le clan des Baiscné sera le plus puissant d'Ériu, j'en fais le serment ici même.

En pivotant sur ses talons pour regagner l'ombre de la forêt, il découvrit sur la plaine un groupe de jeunes gens qu'il n'avait pas remarqué en arrivant, tant il était subjugué par la beauté de la forteresse. Les adolescents, qui avaient à peu près son âge, s'adonnaient à des jeux celtes, notamment le maniement du javelot et le combat à l'épée, et bien entendu au gouren*, la lutte celtique traditionnelle.

Aussitôt, Demné se précipita vers eux, bien décidé à leur montrer qu'il était le plus fort, tant au combat qu'au jeu de boules.

– Puis-je participer à votre entraînement ? demanda-t-il tout en ôtant son manteau de peau de cerf sur lequel il laissa tomber ses armes.

Trois ou quatre garçons éclatèrent de rire, se demandant comment un tel freluquet* pourrait bien rivaliser avec eux. En effet, pour son âge et malgré tous les entraînements que lui avaient fait subir Bodmall et Liath Luachra,

Demné était encore relativement peu musclé comparativement à ces adolescents qui, pour la plupart, se préparaient à la guerre depuis leur naissance.

En entendant les rires, Celtina se détourna de son adversaire d'entraînement et baissa l'épée de bois qu'elle maniait. Près d'une heure avant l'arrivée des adolescents, puis de Demné, elle avait été précipitée dans cette aire de jeux où de jeunes gens venaient poursuivre leur apprentissage des arts de la guerre et du combat.

Sur le coup, elle s'était demandé ce qu'elle venait y faire et avait attendu patiemment la suite des événements. Lorsque les jeunes gens avaient commencé leurs exercices, elle s'était jointe à eux. Quelques filles douées pour le combat et les activités physiques s'entraînaient chaque jour avec des garçons de leur âge pour se préparer à prendre le commandement d'une unité de guerriers ou de guerrières, selon le cas.

La prêtresse constata que Demné avait vieilli ; il devait maintenant être âgé d'environ quinze ans. Ses yeux céladon rencontrèrent ceux du jeune homme, d'un vibrant bleu acier, et il lui sourit. L'avait-il reconnue ? Elle n'en était pas sûre. De toute façon, si c'était le cas, il avait d'autres sujets de préoccupation que de s'enquérir des raisons de sa présence dans ces lieux, car les adolescents d'Almu venaient de lui lancer un défi en disposant trois boules l'une au-dessus de l'autre dans des cavités creusées dans un billot de bois.

Demné ne se laissa pas impressionner par l'attitude provocatrice des adolescents. Dès la première partie de boultenn*, il réussit à marquer le plus grand nombre de points en lançant ses boules sur les trois sphères de bois ancrées dans le billot. Dès lors, l'adresse de Demné ne fit plus aucun doute ; le jeune homme avait été assez habile pour déloger les boules de bois en trois coups, alors que les autres durent lancer leurs six boules pour parvenir au même résultat. Certains ratèrent même totalement leur cible. Demné réussit aussi l'exploit de placer une boule de tir dans la cavité où la balle cible avait été déposée. Aucun des jeunes de la forteresse n'avait encore exécuté ce tour d'adresse, même après des mois et des mois d'exercices quotidiens. Celtina esquissa un sourire. Elle se savait habile à ce jeu et avait déjà réussi plusieurs fois le même exploit que Demné lorsqu'elle s'amusait avec ses compagnons dans l'île de Mona. Elle devait toutefois reconnaître que la magie des druides lui avait parfois donné un petit coup de pouce.

Ses pensées l'avaient emmenée loin de la clairière d'Almu, et ce fut le sifflement d'un gabalaccos* qui la ramena au moment présent. Défié par quelques lanceurs qui s'étaient moqués de son arme à la hampe noueuse et à la pointe émoussée, Demné venait de projeter son javelot avec vigueur, atteignant avec précision la cible qu'on lui avait désignée.

– On verra si tu réussis à me battre au tir à la fronde, lui lança avec rudesse un adolescent trapu au visage sombre et carré.

– Tu auras fort à faire, se moqua une jeune fille. Cailech est le meilleur d'entre nous à ce jeu.

– Cailech… tu portes bien ton nom, ironisa Demné.

En effet, ce prénom signifiait « le coq », et celui qui en était affublé était un garçon fier et arrogant, au caractère prompt, qui montait sur ses ergots* à la moindre provocation.

Demné leva les yeux au ciel et aperçut une volée d'oies sauvages qui venait dans leur direction. Sans viser, il envoya coup sur coup trois balles de fronde et abattit autant de jars bien gras. Cailech ajusta son premier caillou dans son lance-pierres, visa calmement et… rata sa cible. Par trois fois, son tir fendit l'air et se perdit, pour sa plus grande fureur. Il ramassa alors son fourreau de cuir et en dégagea son épée. Sans avertissement, il se jeta sur Demné. Ce dernier évita la charge en faisant un pas de côté. Emporté par son élan et sa rage, Cailech passa sous le bras droit levé bien haut de son adversaire, et Demné, du plat de son épée, lui appliqua un grand coup sur l'arrière-train, ce qui provoqua la plus grande hilarité chez les autres adolescents.

Cailech trébucha et s'étala de tout son long. Alors, pour parachever la leçon, Demné s'approcha de lui, l'aida à se relever, mais aussitôt il passa son bras gauche sous le bras droit de son rival, en appuyant son menton sur l'épaule droite de Cailech. Cette façon de se placer était une invitation à un combat de lutte celtique. Cailech passa à son tour son bras droit de l'autre côté de la tête de Demné. Puis, ainsi enlacés, debout l'un contre l'autre, ils attendirent le signal du début de la lutte. Il fut prononcé par Celtina qui avait été la première à comprendre où Demné voulait en venir.

– Allez, luttez! lança-t-elle, comme l'exigeait la tradition.

Aussitôt, Demné noua les doigts de sa main droite à ceux de sa main gauche, comme deux crochets, dans le dos de son adversaire, et projeta ses jambes vers celles de Cailech. Les deux combattants se mirent à tourner lentement sur eux-mêmes, tentant de se renverser sur le dos, tout en conservant leurs mains nouées l'une à l'autre.

Celtina connaissait les règles de cette lutte traditionnelle que tout combattant devait maîtriser. Celui des deux qui toucherait le sol le premier serait le perdant. Même si le but de la lutte était de plaquer les épaules de l'adversaire au sol, il suffisait de mettre un genou à terre pour être déclaré perdant. Cailech était trapu et fort comme un bœuf, mais Demné le dépassait d'une tête et était beaucoup plus mince et vif, même s'il semblait moins costaud.

Le fils de Muirné se montra d'une agilité extraordinaire et parvint à soulever son lourd adversaire simplement par une clé de bras, lui faisant faire une spectaculaire culbute par-dessus son épaule. Les omoplates de Cailech heurtèrent durement le sol. Il en fut étourdi pendant quelques secondes et peina à se relever. Pendant le combat, un grand silence était descendu sur le terrain. Les adolescents d'Almu n'en croyaient pas leurs yeux; personne n'était jamais parvenu à tenir si longtemps devant Cailech, et encore moins à lui faire mordre la poussière.

– Il reste une dernière épreuve, leur lança ensuite fièrement Demné en brossant la terre qui s'était accumulée sur ses braies.

Celtina remarqua qu'un peu de boue, mélange de terre et de sueur, colorait maintenant son torse et ses bras, ce qui lui conférait une aura tout à fait particulière. Il semblait invincible.

Demné ramassa sa vieille épée et provoqua deux ou trois garçons en leur tendant leurs boucliers, qu'ils avaient abandonnés sur le sol pour assister au spectacle de lutte. En deux coups d'épée, il perça les écus et brisa les glaives de ses premiers adversaires. Tous les combattants, garçons et filles, se saisirent aussitôt de leurs armes, mais Demné, parant et cognant, parvint à les défaire les uns après les autres. Finalement, les jeunes, effrayés, jetèrent boucliers et épées et prirent leurs jambes à leur cou pour regagner la forteresse d'Almu, afin de se placer sous la protection de leur maître d'armes.

Demné sourit à Celtina, qui était restée seule à ses côtés, et s'assit sur une pierre pour se reposer.

De retour dans la forteresse, les jeunes gens se rangèrent derrière Cailech qui expliquait au maître comment cet étranger, pourtant frêle, était parvenu à les battre au jeu de boules, à la fronde, à la lutte et finalement à l'épée.

– Ce garçon vous a fait subir la pire des insultes et vous revenez comme des poules effarouchées vous mettre à l'abri dans la forteresse, gronda le maître. Quelle sorte de guerriers êtes-vous donc? Qu'attendez-vous pour le tuer?

– C'est impossible! murmura Cailech. Si nous essayons de lui prendre la vie, c'est nous qui la perdrons. Il est tout simplement trop fort.

À la simple pensée de devoir affronter Demné, tous les adolescents tremblaient de peur.

– Comment s'appelle-t-il? les interrogea encore le maître.

– Demné, répondit Cailech en baissant les yeux sous le regard sévère de son entraîneur. Mais il n'a pas mentionné le nom de son père ou de ses ancêtres…

– Demné. Le daim. Voilà qui est curieux! murmura le maître, plus pour lui-même que pour être entendu de ses élèves. De quoi a-t-il l'air?

– Il est blanc…, rétorqua promptement Cailech sans réfléchir à la question.

– Blanc? s'étonna le maître.

– Oui. Il a la peau laiteuse et les cheveux très blonds, presque blancs.

– Eh bien… dorénavant, nous l'appellerons donc Finn! décréta l'entraîneur. S'il revient vous défier, je vous conseille de l'emmener à la rivière. Peut-être sera-t-il moins à l'aise pour se battre dans l'eau.

Finn, songea Cailech. Voilà un surnom qui, assurément, convenait bien à cet intrus. En effet, dans la langue celte, si Demné signifiait «daim», Finn voulait dire «blanc».

Comme le voulait la tradition, le jeune homme venait donc d'obtenir son véritable nom par son action personnelle pendant sa période d'éducation. En obtenant un nouveau nom, chaque guerrier celte connaissait une nouvelle naissance, ce qui lui permettait d'accéder à une autre vie, à sa destinée. Demné, «le daim», acquérait ainsi une tout autre dimension en prenant le nom de Finn, « le blanc ».

Dès le lendemain, Demné se présenta de nouveau dans la plaine devant la forteresse pour y défier les jeunes guerriers.

– Tu te crois très fort, le provoqua Cailech. Eh bien, prouve-le !

Le jeune « coq » se jeta tête première dans la rivière qui coulait derrière Almu, et Demné s'y précipita à sa suite. Aussitôt, une dizaine de jeunes gens l'imitèrent. Demné se vit cerné par une bande rancunière qui avait bien l'intention de venger les vexations subies la veille.

Les garçons se jetèrent sur lui pour l'entraîner dans le courant tout en tentant de le renverser. Mais une fois encore, l'adolescent prouva sa valeur en se débarrassant un à un de ses adversaires. Plusieurs d'entre eux, au bord de l'asphyxie et de la noyade, durent remonter sur la berge en crachotant toute l'eau qu'ils avaient avalée. Bientôt, il ne resta plus que Demné et Cailech. Les deux jeunes hommes luttèrent avec acharnement jusqu'à ce que Demné place les deux mains sur la tête de son ennemi et la lui enfonce sous l'eau, l'y maintenant jusqu'à ce que l'autre demande grâce.

Demné tourna son regard vers Celtina pour obtenir son avis. La jeune prêtresse fit un signe de tête et « le daim » relâcha son emprise sur « le coq ».

À peine remis de leurs émotions, Cailech et ses compagnons s'enfuirent à toutes jambes vers la forteresse pour aller se plaindre une fois de plus au maître d'armes.

– Qui vous a fait ça ? s'étonna l'entraîneur qui connaissait la valeur de ses élèves et savait qu'il n'était pas facile de les battre, surtout dans le courant violent de la rivière.

– C'est Finn, s'exclama Cailech.

Et ce fut ainsi que Demné, une fois pour toutes, changea de nom pour devenir Finn.

Entre-temps, Celtina et son compagnon avaient pris le chemin du retour vers le cœur de la forêt, où Bodmall et Liath Luachra furent étonnées lorsque la jeune prêtresse leur narra les exploits de leur fils adoptif. Ayant appris le nouveau nom dont on l'avait affublé, elles convinrent de l'appeler Finn, elles aussi.

– Je crois que nous n'avons plus rien à t'apprendre, Finn, déclara Bodmall avec un petit pincement au cœur, car elle savait que l'adolescent allait les quitter à tout jamais pour suivre sa destinée.

– Tu es habile, rapide, fort, intelligent, capable de te battre et de te défendre. Tu es maintenant libre de décider de ta vie, ajouta Liath Luachra.

Finn se redressa de toute sa taille, fier comme un paon de cette liberté acquise grâce à ses seules prouesses.

– J'ai beaucoup de chagrin de vous laisser, mes mères, mais maintenant je dois songer à retrouver mon rang, à rassembler les Fianna autour de moi et à venger mon père Cumhal.

– N'oublie pas de garder le secret sur ta naissance jusqu'à ce que tu puisses te faire reconnaître comme le chef de l'Ordre des chevaliers des Quatre Royaumes, insista Bodmall.

– N'oublie pas non plus que Goll et les hommes de Morna veulent toujours te tuer, poursuivit Liath Luachra. Sois prudent !

– N'ayez crainte. Je saurai faire preuve de patience, les rassura Finn.

Puis, après avoir embrassé ses mères adoptives et fait une accolade amicale à Celtina, il s'éloigna seul à travers les vallées et les collines, les forêts et les plaines, en route vers son destin.

Celtina se demandait quand elle reverrait Finn lorsqu'un violent mal de tête lui embrouilla la vue et la fit s'évanouir.

Dans son monde parallèle, sur la colline, à l'aide d'une pierre, Fierdad avait asséné un violent coup sur le mégalithe dans le but d'en détacher un morceau. Intrigué par la chaleur qui en émanait, il s'était dit qu'il pourrait mieux l'analyser s'il parvenir à en prélever une petite partie. Il pourrait ensuite découvrir ce que le rocher recelait en son cœur. Du même coup, il avait assommé Celtina et l'avait une nouvelle fois projetée dans l'espace et le temps.

Chapitre 4

Les années de la jeunesse de Finn continuèrent à défiler à toute vitesse, à l'insu de la jeune prêtresse toujours inconsciente.

Le jeune homme, maintenant âgé d'une vingtaine d'années, avait énormément changé. Ses longues errances à travers le Mhumhain et le Laighean, ses nombreuses traques au daim et au cerf, ainsi que ses redoutables parties de chasse à la fronde pour capturer des oiseaux sur les lacs et les étangs avaient fait de lui un homme solide et fort, physiquement et mentalement. Toutefois, si par hasard quelqu'un venait à s'enquérir de son identité, il prétendait toujours n'être que le fils d'un paysan des environs de Tara. Cependant, son habileté et sa fougue lui avaient valu de nombreuses propositions ; certains chefs de clans lui avaient même promis des terres et le commandement d'une troupe de cavaliers, mais toujours il refusait, car Finn avait d'autres ambitions.

Un jour, finalement, après des mois et des mois d'aventures solitaires, le fils de Muirné et de Cumhal en eut assez de sa solitude. Il se rendit donc dans un village qu'il n'avait jamais visité et demanda l'hospitalité du forgeron Lochan. En effet, Finn voulait acquérir de nouvelles armes, et le meilleur endroit pour cela était bien entendu la forge.

– Je pourrais t'enseigner l'art du feu et du métal, lui proposa un matin Lochan, alors que Finn, tout près de lui, observait le forgeron à l'œuvre comme il le faisait depuis plusieurs jours.

– C'est une bonne idée, reconnut le jeune homme. On n'emmagasine jamais trop de connaissances et ce savoir pourra m'être utile un jour ou l'autre.

Ainsi, patiemment, Lochan forma Finn au métier de forgeron. Évidemment, ce nouvel art, qui demandait force et adresse, se révéla extrêmement profitable pour le jeune homme, notamment en le dotant de grandes capacités physiques.

Mais Lochan plaisait à Finn pour une autre raison. Il était le père d'une adorable jeune fille appelée Cruithné. Au premier regard, Finn en était tombé amoureux et il la demanda à son père.

– Je ne sais pas qui tu es, lui dit Lochan, ni d'où tu viens. Je ne connais pas le nom de ton père ni celui de tes ancêtres…

Comme Finn allait protester, le forgeron enchaîna :

– Par contre, j'ai pu constater, au cours des semaines que tu as passées auprès de nous, que tu as du cœur au ventre, que tu es généreux, habile chasseur, honnête et, surtout, tu sembles de noble naissance. Pour toutes ces raisons, je consens à ce que ma fille soit ta femme pour un an*, selon nos traditions.

Ce fut donc ainsi que Finn et Cruithné furent unis pour l'année. Un peu avant le terme de cette union, Finn adressa une nouvelle demande à Lochan :

– Je voudrais que tu me forges des armes qui ne ratent jamais leur cible…

– Pour toi, je le ferai ! accepta le forgeron sans la moindre hésitation.

Il se mit aussitôt à l'ouvrage. Grâce à ses pouvoirs magiques – car le forgeron celte, en tant que maître du feu et du métal, détenait des connaissances insoupçonnées qui le mettaient en relation avec les dieux –, Lochan offrit à Finn de belles lances à la pointe brillante, aussi fine qu'acérée.

– Tant que ces lances seront entre tes mains, jamais tu ne perdras un combat, prophétisa Lochan en lui remettant ses armes.

Finn soupesa ses lances, appréciant leur légèreté et leur étonnante robustesse.

– Maintenant, je dois te quitter, déclara enfin Finn. Il est temps que je reprenne ma route, car de nouvelles aventures et de grands défis m'attendent.

Et, cette fois encore, malgré l'insistance de Lochan et de Cruithné, Finn refusa de dévoiler sa véritable identité.

— Savoir qui je suis vraiment pourrait vous porter préjudice et vous mettre en grand danger, se contenta-t-il de leur dire en guise d'explication. Je suis déjà resté trop longtemps dans votre village. Mes ennemis peuvent avoir retrouvé ma trace. J'ai beaucoup trop d'affection pour vous pour continuer à mettre votre vie en péril.

— Puisque c'est ainsi, je n'ai qu'une seule mise en garde à te faire, dit Lochan. Tout près d'ici, en direction de la prochaine forteresse vers le soleil levant, sévit un animal sauvage que l'on nomme Béo. Cette truie ravage tout sur son passage, elle dévaste les champs et n'hésite pas à s'introduire dans les forteresses pour tout détruire. Je te conseille de l'éviter, car elle pourrait te causer de graves ennuis. C'est assurément un animal de l'Autre Monde.

Finn hocha la tête, salua Lochan et Cruithné et s'en alla... vers le soleil levant, malgré les recommandations que le forgeron lui avait faites. Il ne tarda pas à rencontrer quelques cavaliers auprès de qui il s'enquit de l'endroit où se trouvait la truie Béo. On lui indiqua les bords d'une rivière, la Suir, où elle aimait se reposer après avoir commis ses exactions dans le comté.

— Je te conseille de ne pas t'approcher de cette rivière, lui lança un paysan rencontré non loin de là. Même si elle te semble fortement poissonneuse et que tu as envie d'y pêcher, passe ton chemin !

Finn haussa les épaules et poursuivit sa route. Il arriva finalement près d'une large rivière d'environ soixante coudées, coulant sur un fond de pierres, de sable et de gravier. Le long cours d'eau, serpentant à travers les arbres, foisonnait de vie. Finn remarqua des loutres, des anguilles, des hérons et un bon nombre de visons. Tous ces prédateurs pouvaient se repaître à volonté de truites imprudentes, tellement le poisson pullulait dans les eaux mouvementées de la rivière calcaire.

Les rives bien boisées et riches en herbiers aquatiques* constituaient en effet une formidable réserve d'insectes, un garde-manger copieusement garni où les poissons étaient trop heureux de gober leur pitance en nageant près de la surface.

Voilà un endroit que je ne peux pas laisser sous l'emprise de la truie Béo, songea Finn. *Cette rivière et sa réserve de poissons seront beaucoup plus utiles aux Celtes du village de Lochan qu'à un porc sauvage et agressif.*

Il s'approcha du bord de la rivière, à la recherche de l'endroit le plus propice pour s'installer et pêcher. Tout à coup, un renâclement dans son dos le força à tourner la tête. Méfiant, il soupesa l'une des deux lances remises par Lochan pour bien l'ajuster à sa main. Il vit les branches d'un hallier* secouées en tous sens. Le grognement se fit plus insistant; la menace était très claire.

La bête s'avança, fixant l'homme de ses petits yeux noirs, son groin* humide frémissant de rage. Si, comme tous ses congénères*, Béo avait la vue basse, cela était compensé par une ouïe extrêmement fine et un odorat tout aussi développé. Finn fut très impressionné par la taille de cette laie* aux soies gris-brun et aux petites oreilles pointues dressées. Il comprit pourquoi tous la craignaient aux alentours; elle devait bien mesurer le double d'un sanglier mâle ordinaire et peser le poids de quatre hommes adultes. Sa hure* était ornée de quatre longues incisives qui semblaient aussi tranchantes que le poignard le mieux affûté. Les deux défenses de sa mâchoire supérieure parurent anormalement développées au jeune aventurier. Même si ses dents grandissaient pendant toute la vie du sanglier, celles qu'il voyait pointer dans sa direction étaient d'une taille passablement respectable. Il frissonna.

La bête avait toutes les caractéristiques du sanglier et, pourtant, elle en avait aussi certaines qui la rapprochaient du porc commun. Béo devait sûrement être le résultat d'une hybridation entre le sanglier, animal sauvage vénéré par les druides, et le porc, animal domestique élevé pour sa viande par les Celtes. Il arrivait souvent qu'un porc s'échappât de son enclos et allât se reproduire avec une laie, donnant ainsi naissance à une nouvelle race de cochons à moitié sauvages.

Soudain, sans qu'il pût dire ce qui l'avait provoquée, Béo fut prise d'une grande fureur et elle chargea à une vitesse tout à fait prodigieuse pour sa corpulence. Finn, néanmoins, ne se laissa pas surprendre par ce violent assaut ; il l'avait anticipé et, grâce à son agilité et à sa vitesse, il esquiva la bête. Une fois, deux fois, trois fois elle revint à la charge, de plus en plus furieuse. À chacun de ses passages, elle frôlait Finn de plus en plus près. S'il ne parvenait pas à l'arrêter, la bête finirait à coup sûr par l'encorner. Alors, fermement campé sur ses jambes écartées, il lui fit face et la provoqua de la voix. Lorsque Béo ne fut plus qu'à une demi-coudée, il s'écarta vivement et lui planta sa lance infaillible directement dans le cou. Emportée par son élan, la bête poursuivit sa course sur quelques coudées, puis ses pattes se plièrent et elle s'écroula sur le côté, soulevant un nuage de poussière et de feuilles mortes. Rapidement, Finn s'approcha et, d'un vif coup de coutelas, il lui trancha la tête : un hommage que les guerriers celtes réservaient à leurs meilleurs ennemis.

Il enveloppa la hure dans son manteau de peau de cerf et reprit sa place sur la rive de la Suir. Après avoir pêché d'abondance pendant près d'une heure, il reprit la direction du village de Lochan et Cruithné.

Il se dirigea tout droit vers la forge. Là, il ouvrit son manteau et laissa tomber la tête de Béo sur le sol, aux pieds du forgeron.

— Il est vrai que tes armes ne manquent jamais leur cible, dit-il avec un sourire. J'offre la hure de Béo à Cruithné en guise de cadeau de mariage. Et je ramène aussi du poisson pour tout le monde.

— Tu n'écoutes jamais les conseils que l'on te donne, s'amusa le forgeron. Il me semble reconnaître là une caractéristique des Fianna, et plus particulièrement de Cumhal du clan des Baiscné, que j'ai bien connu autrefois. Je crois que tu es bien le fils de ton père. Aussi audacieux et intransigeant que lui. Et en plus, tu lui ressembles physiquement. Sache que cet exploit n'est que le premier d'une longue série qui fera de toi un héros dont la mémoire sera honorée à tout jamais.

Finn sourit en comprenant que Lochan avait percé le secret de son identité. En son for intérieur, il avait depuis longtemps pressenti que sa destinée serait noble, lumineuse et riche en actions héroïques.

Toute la nuit, on célébra sa victoire sur la truie Béo lors d'un grand festin offert par les villageois. Puis, au cœur de la nuit, quand tous furent repus, Finn embrassa Cruithné et quitta le village pour reprendre la longue errance qui devait le conduire, un jour, à réunir de nouveau sous son commandement suprême les chevaliers des Quatre Royaumes.

Finn parcourut Ériu en tout sens, selon ses envies et au gré de ses aventures. Un jour, alors qu'il serpentait au hasard dans le Connachta, il arriva près d'une maison incendiée. Des pleurs attirèrent son attention.

– Que se passe-t-il donc ici? lança-t-il à une vieille femme qui ne cessait de sangloter et de se lamenter.

– Mon fils… mon fils, bredouilla l'aïeule.

Et elle désigna le corps d'un homme étendu sur un lit de feuilles. Plus un souffle de vie ne soulevait sa poitrine.

– Comment est-ce arrivé? la questionna Finn en constatant que l'homme avait reçu plusieurs coups d'épée dans la poitrine.

– Un guerrier nous a attaqués. Il a pillé nos biens et brûlé notre maison. En voulant me défendre, mon fils a été tué sans pitié.

– Qui a fait cela? gronda Finn en serrant les poings, car il ne supportait pas que des combattants celtes manquent à ce point d'honneur et s'en prennent sans raison à de pauvres paysans.

— Je ne connais pas son nom véritable. Il est connu de tous sous le pseudonyme de Gris de Luachair. C'est un Fianna du clan de Morna.

Finn sentit la rage étouffer son cœur. *Depuis que mon père Cumhal n'est plus à la tête de l'Ordre des chevaliers des Quatre Royaumes, les Fianna semblent avoir perdu toute dignité,* songea-t-il avec amertume.

— Gris de Luachair, répéta-t-il entre ses dents en songeant: *C'est lui. C'est celui qui a porté le premier coup à mon père, selon les dires de Bodmall et de Liath Luachra. Il porte ce surnom à cause de la couleur de ses cheveux.*

— Sais-tu où je peux trouver cet homme sans honneur? reprit Finn.

— Sûrement très loin, sanglota la pauvre vieille. Il doit savourer sa victoire et narrer ses exploits à ses compagnons... sans se vanter de l'avoir remportée contre une pauvre femme désarmée et un paysan qui n'a jamais appris à se battre.

— Je vais lui réclamer le prix du sang en ton nom, répliqua Finn en remontant sur son cheval.

— Non. Ça n'en vaut pas la peine, tenta de le raisonner la femme. Tu ne feras pas le poids contre un tel monstre. Il est beaucoup trop fort pour toi. Tu es si jeune.

— Ses crimes ne doivent pas rester impunis, se contenta de répondre Finn tout en s'éloignant, tandis que les sanglots de la vieille redoublaient d'ardeur.

Elle doit s'épancher autant sur la mort de son fils que sur mon décès à venir, songea-t-il. *Mais cela n'arrivera pas, car avant ce soir, Gris de Luachair aura payé pour la mort de ce paysan et pour celle de mon père.*

Finn reprit sa route, s'enfonçant dans la forêt, l'œil et les oreilles aux aguets. Mais c'était surtout à son odorat qu'il se fiait le plus. Si des hommes se trouvaient dans les parages, ils devaient certainement avoir allumé un feu de camp pour faire cuire leur nourriture.

Après avoir décrit des cercles de plus en plus larges pendant presque trois heures pour bien explorer la forêt, il s'arrêta. Debout sur ses étriers, le corps tendu vers le soleil couchant, il huma l'air. Une odeur de viande grillée vint titiller ses narines. Il se dirigea avec conviction vers l'endroit d'où provenait ce merveilleux fumet qui le faisait saliver. Il ne tarda pas à découvrir un groupe de cinq cavaliers qui festoyaient. Il repéra immédiatement, dans l'assemblée, un homme très grand, costaud, qui s'exprimait haut et fort et qui semblait le chef de la troupe. Il le reconnut à ses cheveux gris.

Finn descendit de son cheval, attacha la bride à une branche basse, puis s'élança dans la clairière. Son arrivée eut l'effet de l'apparition d'un korrigan au milieu d'un groupe de jeunes filles. Profitant de la stupéfaction et de la terreur qu'il avait causées en jaillissant de la noirceur des bois, il balança un grand coup de pied dans un pichet de bière que Gris de Luachair venait de poser près de lui, tout en le provoquant de la voix :

– Je te défie, Gris de Luachair, viens te battre contre moi !

Le guerrier, qui avait passablement bu et bien mangé, rota sans complexe, essuya sa barbe grise dégoulinante de graisse de sanglier, puis éclata de rire, aussitôt imité par ses compagnons.

– Retourne chez ta mère ! Je ne me bats pas contre des enfants ! le railla l'homme.

– Je ne suis pas un enfant, tonna Finn. Je suis ton pire cauchemar surgi du passé. Je viens te réclamer le prix du sang pour la vie d'un homme qui est mort par ta faute.

– De qui parles-tu, gamin ? J'en ai occis des dizaines… Et aucun d'entre eux ne méritait le nom d'homme… poursuivit le guerrier sans se départir de son sourire ni de son ton ironique.

– Je te parle de mon père, Cumhal ! explosa Finn.

Le nom de son pire ennemi échauffa le sang de Gris de Luachair. Il saisit son épée et bondit sur ses pieds. Les yeux rouges de colère, les narines frémissantes, de l'écume au bord des lèvres, le guerrier du clan de Morna faisait peur.

Il leva très haut sa lourde lame, fit une feinte pour déstabiliser Finn et se fendit d'une pointe en direction du torse du jeune homme. Mais Finn n'avait pas quitté Gris des yeux, y lisant ses intentions comme dans un livre ouvert. Il para habilement l'épée par un coup de sa première lance et plongea la seconde dans le cœur de l'assassin de son père.

– Pour mon père, et pour le jeune paysan que tu as tué sans raison. Et je n'en ai pas fini avec les meurtriers de Cumhal! hurlat-il à l'intention des compagnons de Gris de Luachair.

Ceux-ci, figés de stupeur après avoir vu tomber leur chef au terme d'un si rapide échange, réagirent enfin. Ils s'emparèrent maladroitement de leurs armes; ils avaient tellement mangé et bu qu'ils tenaient à peine sur leurs jambes. Alors, ils insultèrent Finn, se fiant à une croyance qui dit que les mots peuvent blesser plus profondément que les coups d'épée. Mais Finn avait dépassé le stade de l'orgueil mal placé. Il blessa deux cavaliers au bras après des passes d'épée encore plus rapides que celles qui avaient abattu Gris de Luachair. Son désir de vengeance était tel que sa lame décrivait des courbes invisibles à l'œil nu et touchait chaque fois sa cible.

Finalement, les quatre survivants sautèrent sur leurs chevaux et prirent la fuite, abandonnant leurs armes et le fruit de leur chasse.

Finn contourna le corps de Gris de Luachair et se dirigea vers le gibier qui cuisait pour se servir. Mais un sac de peau, à demi dissimulé sous une couverture de fourrure, attira son attention.

Il ramassa le sac et l'ouvrit. Il fut stupéfié par son contenu : des torques et des fibules* d'or et d'argent, quelques gobelets sertis de pierres précieuses, de nombreux bijoux et surtout des armes que Finn examina attentivement.

– Le trésor des Fianna ! s'exclama-t-il à haute voix, avant de penser pour lui-même : *Ce sont les armes magiques que les Thuatha Dé Danann ont remises aux Baiscné, celles que le clan de Morna a dérobées aux hommes de mon père… Je dois mettre ce sac en lieu sûr.*

Deux nuits plus tard, sur un tapis d'humus, au fond d'une grotte, Celtina ouvrit les yeux. Un homme, penché sur elle, était en train de faire couler un peu d'eau fraîche entre ses lèvres desséchées. Elle s'étouffa et recracha la boisson. Aussitôt, une douleur lancinante lui fit porter la main à sa tête ; un tissu humide lui couvrait le front.

– Ne bouge pas, je vais te mettre une autre compresse…, déclara l'homme en joignant le geste à la parole.

– Où suis-je ? balbutia-t-elle en tentant de se relever.

Mais le plafond de la grotte oscilla devant ses yeux et elle se laissa retomber mollement sur la couche de mousse.

– Dans une des grottes que mes hommes et moi occupons depuis plusieurs années. Tu n'as rien à craindre! répondit le vieil homme.

– Comment... Comment suis-je arrivée jusqu'ici?

– Je t'ai trouvée ce matin, pendant ma chasse... Tu étais recroquevillée au pied d'un chêne et tu avais une énorme bosse sur le front. Tu y étais peut-être grimpée et tu as fait une chute.

– Je ne... je ne me souviens pas..., répondit-elle en se touchant le front.

Elle grimaça sous la douleur.

– C'est sûrement dû à la chute! Ne t'inquiète pas... Ton amnésie n'est probablement que temporaire. D'ici un jour ou deux, tu auras repris des forces.

– Qui es-tu, grand-père?

– Crimal... du clan des Baiscné... enfin, de ce qu'il en reste, car notre clan a été décimé.

– Des Baiscné?... Celui de Cumhal? Vous avez survécu?

Celtina se redressa vivement et, une fois encore, la tête lui tourna, mais elle était trop étonnée par les propos du vieux guerrier pour se préoccuper des points scintillants qui dansaient devant ses yeux.

– Nous sommes moins d'une douzaine de notre clan à avoir échappé au massacre perpétré par le clan de Morna. Je suis le frère de Cumhal, le chef de l'Ordre des chevaliers des Quatre Royaumes. Pour échapper à la mort, nous avons dû nous réfugier ici, dans cet endroit désolé, à l'écart de toute vie humaine, où nous menons une existence misérable de proscrits, laissa tomber le vieux Crimal d'une voix éteinte, remplie de regret et de douleur.

– Vous n'êtes plus seuls, hommes du clan des Baiscné! lança Celtina.

Encore une fois, la douleur la força à fermer les yeux, à respirer lentement, mais elle poursuivit :

– Réunis tes compagnons, Crimal. Dès que je me sentirai plus en forme, nous nous mettrons en route.

– Pour aller où, jeune fille? Personne au sein des Fianna n'osera jamais nous prendre dans sa troupe ; la vengeance du clan de Morna serait trop cinglante.

– Sais-tu que Cumhal et Muirné ont eu un enfant autrefois? Maintenant, cet enfant est en âge de prendre le commandement de votre clan.

Crimal lui jeta un regard inquisiteur, la détaillant des pieds à la tête.

– Toi?! Tu es l'héritière de Cumhal? J'ai bien remarqué que tu portais les vêtements d'une guerrière. As-tu au moins appris à te battre?

Celtina esquissa un petit sourire.

– Non. Je suis trop jeune pour être la fille de Cumhal et Muirné. Même si c'eût été un honneur pour moi. Ton frère a eu un fils. Et maintenant que vingt bleidos ont passé, il est prêt à prendre sa place parmi vous. Je saurai le retrouver, fais-moi confiance. Je vous amènerai à lui.

– Pourquoi fais-tu cela?

– J'ai une dette envers toi, car tu me soignes avec dévouement… Et je connais bien le fils de Cumhal. Je le fais par amitié pour lui. Je connais son histoire et le malheur qui a frappé sa famille, et je sais comment il a grandi en force et en sagesse. Il saura vous faire honneur.

– Comment s'appelle-t-il? demanda Crimal.

– Ce n'est pas à moi de te le dire. Il se présentera et tu le reconnaîtras.

Chapitre 5

Lorsque le front de Celtina arbora les couleurs de l'arc-en-ciel, Crimal jugea que sa protégée pouvait quitter sa couche sans danger. Un instant, il avait redouté la commotion cérébrale, mais heureusement elle n'avait souffert que d'un gros choc qui lui avait laissé un superbe bleu. Par contre, la mémoire ne lui revenait pas, et elle fut incapable de dire comment elle avait pu se blesser ainsi. Elle était pourtant sûre de n'avoir pas grimpé dans le vieux chêne au pied duquel Crimal l'avait trouvée.

À sa sortie de la grotte, la prêtresse découvrit que la troupe de Crimal était constituée d'une douzaine de vieillards chétifs et fatigués. Ils étaient tous des anciens combattants, fidèles au clan des Baiscné, et ils avaient choisi l'exil plutôt que de se soumettre au clan de Morna.

Après que Crimal eut convoqué ses hommes pour leur rapporter les propos de Celtina, les anciens Fianna réunirent sans broncher le peu de biens qu'ils possédaient et se mirent en route, à pied, guidés par Celtina sur les sentiers des forêts du Connachta. Ne pouvant plus s'appuyer sur la magie ni sur ses pouvoirs druidiques, la prêtresse comptait sur son instinct pour retrouver Finn. Elle devait surtout faire les bons choix lorsque plusieurs chemins s'offraient à elle, car la plupart des vieux Fianna n'étaient pas en état d'errer durant des nuits et des jours dans la forêt; leur force déclinait et, si elle n'y prenait garde, bientôt elle se retrouverait à la tête d'une troupe de moribonds.

La chance leur sourit un soir. Épuisés par des heures de marche, Celtina et les hommes avaient décidé de camper sur les bords d'une rivière poissonneuse qu'ils suivaient depuis longtemps. Ils venaient à peine de déposer leur bagage quand un hennissement de cheval attira l'attention de la jeune fille.

– Installez-vous, recommanda-t-elle à Crimal et aux vieux Fianna. Je vais inspecter les alentours et voir si celui qui vient vers nous est un ami ou un ennemi.

– Nous n'allumerons pas le feu pour ne pas trahir notre présence! la prévint Crimal. Donc, ne t'éloigne pas trop, car il pourrait être difficile de nous retrouver. Avec les années, pour notre propre survie, nous avons appris à nous dissimuler efficacement.

Celtina acquiesça d'un mouvement de la tête, puis se glissa entre les hauts arbres en direction de l'endroit où elle pensait avoir entendu le hennissement.

Un jeune homme était en train de tourner une poule d'eau à la broche, et le grésillement de la graisse sur le feu l'empêcha d'entendre celle qui approchait. Il faut dire que Celtina, même si elle avait perdu ses capacités druidiques, savait se montrer discrète lorsqu'elle se déplaçait dans les bois.

Elle se glissa derrière lui, sortit son épée et, taquine, la posa sur l'épaule droite du jeune homme. Comme piqué par une guêpe, celui-ci bondit sur ses lances et les dressa devant lui, prêt à frapper l'intrus. Celtina sauta vers l'arrière. La peur rendit son visage d'une pâleur spectrale; elle croyait que son cœur allait jaillir de sa poitrine. Elle se mit à trembler, ce que constatant, il comprit qu'elle ne constituait pas une menace, et il baissa ses armes.

– Tu es inconsciente ou quoi? aboya-t-il, plus nerveux qu'en colère. Ne fais plus jamais ça! Tu as failli y laisser ta peau. Les lances forgées par Lochan ne manquent jamais leur cible.

Il ne me reconnaît pas, s'étonna Celtina. *Pourtant, j'ai passé plusieurs heures avec lui. Comment est-ce possible? Je le connais depuis sa naissance et, pourtant, chaque fois qu'il me voit, c'est comme si c'était la première fois.*

Elle massa la bosse à son front, qui était encore légèrement douloureuse, comme si cela pouvait lui fournir la réponse à ses interrogations. Finn, car c'était bien lui qui se tenait devant elle, l'invita à s'asseoir à ses côtés pour partager son repas.

Après avoir apprécié sa part de poule, Celtina se décida à parler de ce qui l'avait menée auprès de lui. Or, comme Finn ne semblait vraiment avoir aucune idée de son identité, elle ne savait comment aborder le sujet. Elle ne pouvait lui déclarer comme ça, de but en blanc*, qu'elle avait retrouvé son oncle et les vieux Fianna du clan des Baiscné.

– Je suis Celtina, fille de Gwenfallon le forgeron, du Clan du Héron, commença-t-elle. Je viens de Gaule. Et toi, qui es-tu? Tu ne m'as pas dit ton nom.

Il hésita. Les hommes du clan de Morna pouvaient lui tendre un piège en lui envoyant une jeune guerrière pour le mettre en confiance et pour lui enlever la vie de traître façon. Toutefois, en son for intérieur et sans pouvoir s'expliquer ce sentiment, il avait l'impression que cette fille ne représentait aucun danger pour lui. Il déclara :

– Je suis Finn, fils de Cumhal du clan des Baiscné…

– Oh! les Baiscné! Je connais quelques hommes de ton clan, enchaîna-t-elle habilement, car c'est exactement là qu'elle avait cherché à amener la conversation en le questionnant sur son nom.

Il la contempla un moment et son visage se referma. Il se demandait si elle se moquait de lui, puisque son clan avait été décimé avant sa naissance par les hommes de Morna dans la bataille qui avait coûté la vie à son père, ou, pire, si elle était vraiment une espionne au service de ses ennemis.

Tous les sens en alerte, il regarda tout autour de lui, cherchant à percer le secret des bois. Des guerriers pointaient-ils leurs javelots sur lui, prêts à lui transpercer le dos? Un filet de sueur froide coula le long de son échine. Sa main glissa vers ses lances magiques, mais les propos de Celtina l'arrêtèrent net.

– Crimal, le frère de ton père, bivouaque à quelques pas d'ici. Une douzaine de vieux Fianna l'accompagnent. Ils ont tous hâte de te connaître.

– Comment est-ce possible? l'interrogea Finn, déconcerté à un point tel qu'il relâcha sans s'en apercevoir sa surveillance des alentours. Si une troupe campait si près, j'aurais dû la repérer…

– Ils ont l'habitude de vivre cachés, ils ont su se rendre invisibles. Mais fais-moi confiance, ce sont bien les survivants de ton clan. Crimal a beaucoup de choses à t'apprendre sur ta famille et sur la bataille qui a coûté la vie à ton père. Viens avec moi, tu dois le rencontrer.

Le jeune homme n'hésita plus. En fait, depuis que Celtina avait prononcé le nom de son oncle, il avait déjà décidé de la suivre pour se rendre compte par lui-même de la véracité de ses propos.

Ils ramassèrent les effets de Finn, puis elle s'installa devant lui sur sa monture. Il leur fallut quelques minutes à peine pour parvenir au campement des vieux Fianna. Ils les trouvèrent en cercle, épaule contre épaule, dos vers le centre, leurs lances bien en vue et pointées comme des dards, décidés à vendre chèrement leur peau si quelqu'un les menaçait.

Finn descendit le premier de son cheval, se campa devant les hommes et les observa l'un après l'autre. Tous ces visages lui étaient inconnus. Il avait espéré que les liens du sang lui indiqueraient celui qui était Crimal, mais non. Il ne reconnaissait personne parmi ces pauvres vieux décharnés aux longs cheveux et à la barbe gris poussière.

– Je suis Crimal, lança un homme en avançant d'un pas. Viens ici, mon neveu... que je te regarde de plus près. Oui, tu ressembles bien à mon pauvre frère... Viens que je t'embrasse.

Crimal serra fortement Finn contre lui. Alors, le jeune homme laissa tomber toute méfiance et rendit l'accolade à son oncle. Cette fois, les liens du sang parlaient haut et fort. Il sentit des larmes lui monter aux yeux et son cœur qui s'emballait.

– Je vous ai apporté un peu de nourriture, lança Finn en se détachant de l'étreinte du vieillard.

Sur un geste de son ami, Celtina s'apprêta à ôter l'un des deux sacs de peau qui pendaient à la selle du cheval.

– Non, pas celui-là ! la retint Finn.

Elle dégagea donc l'autre en jetant des regards curieux vers le premier sac. Il semblait plus lourd et contenir plus que celui que Finn lui avait indiqué.

Elle jeta le sac aux pieds des hommes et Finn en sortit quelques morceaux de viande faisandée qu'il s'empressa de distribuer.

– Demain, j'irai à la chasse pour nous nourrir tous. Je crois que vous avez grand besoin de viande fraîche.

– Assieds-toi, mon neveu. Dis-moi ton nom... je te raconterai l'histoire de ta famille, l'invita Crimal pendant que ses hommes mangeaient avec avidité.

Crimal lui narra l'affreuse bataille pendant laquelle son clan avait connu un terrible revers, tandis que Finn expliqua à son tour comment il avait entrepris de venger l'honneur des Baiscné et de faire payer la mort de Cumhal à celui qui en était responsable.

– Je ne peux rester près de vous, mes vieux amis, termina Finn. Je me suis fixé pour but de constituer une troupe de fidèles pour ramener les Fianna dans le droit chemin.

– Tu as raison ! lui répondit Crimal, tandis que les autres opinaient du bonnet. Nous sommes devenus trop vieux maintenant pour errer sur les chemins d'Ériu et pour affronter de nouveaux périls. Nous allons rentrer chez nous, là-bas, dans les grottes qui ont été notre refuge pendant ces si longues années. Veille simplement à nous envoyer un messager de temps à autre pour nous tenir au courant de tes aventures.

— Passe-moi le sac qui est resté accroché à ma selle, demanda Finn à Celtina.

Elle se dépêcha de le décrocher, curieuse de découvrir ce qu'il contenait. Elle fut aussitôt étonnée par la souplesse du cuir et passa à plusieurs reprises la main sur le sac pour en apprécier la délicatesse.

— Il s'agit du sac en peau de grue que Manannân a donné aux Baiscné, expliqua Finn. Il contient plusieurs trésors magiques que le fils de l'océan a offerts à ma tribu avant que les dieux quittent les Îles du Nord du Monde.

— En peau de grue, symbole de la connaissance du Mystère, de la patience et de la longévité, récita Celtina.

Des bribes de son enseignement druidique lui revenaient en mémoire, même si elle ne parvenait pas à se rappeler de tous les préceptes de Maève. Par exemple, si elle se souvenait du mot «Mystère», elle n'arrivait plus à se remémorer à quoi il faisait référence.

Je suis pourtant convaincue que c'est quelque chose qui a une grande importance pour les druides. Mais laquelle? Ah! j'enrage!... Pourquoi ces trous de mémoire? Pourquoi ne suis-je plus capable de faire appel à mes pouvoirs?

– Crimal, je te confie le trésor des Fianna, poursuivit Finn. Puisque tes hommes et toi avez, pendant de nombreuses années, échappé à toutes les recherches, je crois que ce sac sera beaucoup plus en sûreté avec vous. Peut-être un jour l'enverrai-je chercher…

– À quoi reconnaîtrai-je ton envoyé? s'inquiéta Crimal qui craignait de remettre le trésor entre de mauvaises mains.

– Au Gal Gréine*.

Finn tira de sa tunique un morceau de tissu bleu sur lequel il avait cousu de biais, dans la partie inférieure gauche, un demi-soleil jaune flamboyant.

– Désormais, ce sera la bannière des Fianna, proclama-t-il avec vigueur.

Crimal prit le morceau de tissu avec dévotion entre ses doigts déformés par l'arthrite et le serra sur son cœur. Puis, chacun des vieux Fianna y déposa ses minces lèvres avant de rendre l'étendard à celui qu'ils reconnaissaient désormais comme leur chef.

– Maintenant, mes amis, je dois vous quitter. Il me reste beaucoup à apprendre.

– Puis-je faire un bout de chemin en ta compagnie? demanda Celtina, car elle sentait que son destin était lié à Finn et non à Crimal.

– J'aimerais que tu restes près de moi, jeune fille, mais je dois poursuivre ma route seul. Je ne pense pas que ta place soit ici… Suis ta propre route !

Ils se dirent adieu les uns aux autres. Les vieux Fianna repartirent vers le soleil levant, l'Anoir*, Finn s'éloigna vers le couchant, l'Aniar*. Celtina hésita entre l'Aduaidh* et le Dhéas*.

Son indécision l'intrigua. *J'ai quelque chose à faire, mais quoi ? Je ne suis sûrement pas ici pour rien… Pourtant, je n'arrive pas à me souvenir. J'ai dû faire une chute terrible du haut de ce chêne. J'espère que la mémoire me reviendra bientôt.*

Elle résolut de se diriger vers le Dhéas, comme guidée par une main mystérieuse qui aurait veillé sur elle à son insu.

Après des heures de marche, elle entreprit de se faire une cabane de branchages pour passer la nuit au sec, car la pluie tombait sans discontinuer et, depuis un bon moment, elle sentait le vent forcir, ce qui était un signe annonciateur de tempête.

Dans le monde parallèle, la pluie froide de Cutios* tombait aussi sur Fierdad. Mais, contrairement à Celtina, le jeune Fianna n'avait aucun endroit où se réfugier, car la colline était désespérément aride et dépourvue d'arbre. Il s'était donc adossé au mégalithe et avait remonté sa couverture de laine sur sa tête. Son cheval avait profité du mauvais temps pour lui fausser compagnie, et Fierdad se maudissait de sa bêtise, qui l'avait fait rester aussi longtemps sur ce monticule balayé par le vent et la pluie. Comme la tempête redoublait de vigueur, il n'osait plus en redescendre. Ne voyant pas à deux pas devant lui, il craignait de chuter et de se blesser sérieusement. Si une telle chose venait à lui arriver, il était un homme mort. Il n'y avait aucun secours à espérer, puisque personne ne l'attendait nulle part.

Heureusement, la chaleur du rocher le réconfortait, tout en le gardant d'attraper du mal par ce temps à ne pas mettre un vivant dehors. Son dos bien collé contre la pierre, il sentit une tiédeur bienfaisante envahir son corps. Il s'endormit.

Cependant, l'énergie qu'il avait captée avait suffi à arracher Celtina à sa cabane de branchages pour la transporter à son insu beaucoup plus à l'est, sur les bords d'une rivière au puissant débit.

CHAPITRE 6

Ce fut le bruit de l'eau qui réveilla Celtina. La prêtresse s'étira comme un chat, bâilla profondément, puis examina les alentours. Elle était allongée sur une pierre plate, au bord d'une cuvette d'eau verte dans laquelle tombait une charmante cascade qui dévalait d'un amas de rochers moussus. Tout habillée, elle se glissa jusque sous la chute pour profiter de cette bonne douche, autant pour chasser sa fatigue que pour nettoyer la poussière de ses vêtements.

Quelques minutes plus tard, revigorée par la fraîcheur de l'eau, elle s'ébroua en faisant gicler autour d'elle une pluie de gouttelettes.

– Vas-tu cesser ce jeu enfantin ? Et puis, sors de ce bassin, veux-tu ?... gronda une voix dans son dos.

Elle se retourna vivement, effrayée. Ses armes et son sac étaient demeurés sur la pierre plate ; elle était totalement à la merci de l'inconnu. Elle sortit de l'eau et se rapprocha de ses affaires. Il ne l'en empêcha pas.

Le vieil homme aux cheveux blancs qui la dévisageait n'avait pas l'air très méchant, plutôt bourru. Il essuya les quelques gouttes qui avaient éclaboussé sa tunique.

Il ressemble à Amorgen, mais pourtant ce n'est pas lui, songea Celtina. *Serait-ce Ysgolhaig*? Non. Le druide que j'ai rencontré à Acmoda était plus robuste et n'avait pas les cheveux si neigeux. Et, pourtant, il s'agit aussi d'un druide. Il en porte la robe blanche et la cape rouge.*

Pendant qu'elle interrogeait sa mémoire, l'homme s'était installé au bord de la cuvette, surveillant le miroir de l'onde, comme s'il attendait quelque chose. Apparemment, il ne semblait plus s'intéresser à elle. Toutefois, elle surprit deux ou trois coups d'œil qu'il lui décocha à la dérobée. Il la surveillait.

– Ce bassin se nomme la Fontaine de Fec, déclara brusquement l'homme, même si elle ne lui avait rien demandé. Tu vois les arbres qui se mirent dans ses eaux? Eh bien, ce sont des noisetiers... Le saumon qui vit dans cette fontaine se nourrit exclusivement des noisettes de ces arbres...

Il la dévisagea. Visiblement, elle le prenait pour un fou, car même si elle n'avait pas prononcé un mot, son visage affichait un petit air ironique qui ne le trompa pas.

– Sais-tu de quoi je parle, au moins? l'interrogea le vieux druide.

– Non. Je ne comprends rien, admit Celtina.

Alors, après avoir hoché la tête, comme dépité, le vieil homme reporta son attention sur les eaux de la fontaine, la fouillant attentivement du regard. Ses mains en coupe semblaient prêtes à saisir le moindre poisson qui daignerait remonter à la surface. À ses côtés, un filet attendait d'être mis à l'eau.

– Eh bien, puisque tu ne me comprends pas, c'est que tu n'as rien à faire ici ! poursuivit le vieux, sans se retourner cette fois. Passe ton chemin.

Boudeuse, Celtina ramassa son ceinturon et le boucla sur ses hanches. Elle y attacha son épée. Puis, ramassant prestement sa cape, elle s'en couvrit, refermant avec soin la fibule qui la maintenait sur ses épaules. Elle se penchait pour se saisir de son bouclier lorsqu'elle suspendit son geste. Elle avait perçu un bruit en provenance des arbres. En relevant la tête, son regard attrapa la lueur brillante d'une épée ou d'une pointe de lance. Quelqu'un les épiait.

– Qui va là ? cria-t-elle en dégainant son glaive.

Les branches s'écartèrent et elle découvrit Finn, impassible, qui s'avançait vers eux. Ses deux lances étaient attachées dans son dos. Il n'était pas menaçant ; il souriait plutôt.

Encore une fois, elle comprit que le jeune homme ne la reconnaissait pas, car il la regarda à peine, la saluant tout juste d'un petit signe de tête, toute son attention étant portée sur le vieux druide.

Il a vieilli, songea-t-elle. *Il doit avoir au moins vingt-cinq ans maintenant. C'est vraiment étrange. Je voyage dans le temps, mais je ne sais pas comment cela peut se produire. Je n'ai aucune connaissance du moment où je quitte une époque pour me retrouver dans une autre. C'est inquiétant, mais pourtant je ne me sens jamais en danger. Plus j'y réfléchis et plus je pense que j'ai été choisie pour être le témoin de l'initiation de Finn. Mais par qui? Et dans quel but?*

– Es-tu Finnegas? demanda Finn au vieil homme.

– C'est bien moi! Que me veux-tu, jeune homme?

– Je suis venu auprès de toi pour poursuivre ma formation. On te dit rempli de sagesse et d'inspiration. Apprends-moi l'art de la poésie…

– Ce sera avec plaisir. Cependant, il te faudra attendre un peu, car je suis assez occupé. Voilà déjà sept années que je guette inlassablement le Saumon de la Connaissance au bord de la Fontaine de Fec, et il n'a toujours pas daigné sauter dans mon filet. Une prédiction que l'on m'a faite autrefois dit que je parviendrai à le prendre un jour. Si je le mange, alors j'obtiendrai les connaissances les plus secrètes, le don de double vue et un pouvoir de guérison sans pareil. Mais, pour le moment, ce damné saumon ne s'est jamais montré.

– Je vais t'aider! s'exclama Finn. Laisse-moi te relayer au bord de la fontaine. En pêchant nuit et jour et jour et nuit, peut-être parviendrons-nous à le prendre. La jeune fille qui t'accompagne ne semble pas avoir encore assez de connaissances pour t'être vraiment utile. Je vais prendre sa place.

– Je ne l'accompagne pas! protesta Celtina, piquée au vif par les propos de Finn. Et sache que mes connaissances sont sans doute plus élevées que les tiennes.

Puis, se tournant vers le vieux druide, elle déclara, sur un ton moins revanchard:

– Repose-toi, Finnegas. Ce guerrier et moi allons veiller au bord de la fontaine. Nous verrons bien lequel de nous deux pêchera ton fameux Saumon.

– Ce n'est pas un poisson ordinaire, continua Finnegas. Il se nourrit seulement des Noisettes de la Sagesse*.

Oh, il m'énerve avec ces noisettes, ce vieux fou! pensa Celtina en décochant un clin d'œil moqueur à Finn. Mais comme le jeune guerrier ne réagit pas, elle se mordilla les lèvres. *Hum! Peut-être que ces noisettes ont une certaine importance, après tout. Il y revient trop souvent pour que ce soit quelque chose de banal. Après la perte de mes pouvoirs* druidiques, suis-je aussi en train de perdre mes capacités de réflexion ? Je me sens presque aussi dépourvue que lorsque j'ai quitté l'île de Mona. Je commence à oublier certaines des choses que j'ai apprises depuis le début de ma quête. Et je me rends compte que je n'ai pas songé à Banshee, à Caradoc ni à Gwenfallon depuis fort longtemps. Où sont les dieux des Tribus de Dana ? Ô Dagda, que m'arrive-t-il ?

– Voici mon filet, déclara Finnegas, mettant ainsi un terme aux pensées désordonnées de Celtina.

Finn le jeta aussitôt dans la Fontaine de Fec et le remonta plusieurs fois de suite. Il était toujours vide. Lorsque Finn fut épuisé, Celtina le relaya. Mais pas plus elle que le guerrier ne ramenèrent de poissons. Le filet drainait parfois des algues bleu-vert ou quelques petits cailloux dorés, mais pas un seul poisson. Pendant plusieurs jours, Finn, Celtina et Finnegas tentèrent en vain de capturer l'insaisissable Saumon.

– Es-tu sûr que c'est le bon endroit pour attraper ce poisson ? demanda un matin Celtina, les bras fourbus, le dos courbaturé et tous les muscles de son corps en feu.

– Il n'existe pas d'autre Fontaine de Fec à Ériu, répliqua Finnegas en remontant son filet pour la centième fois de suite.

Puis, il ajouta tout bas, sur le ton de la confidence :

– Elle est située juste au-dessus de la Source sacrée de Nechtan*, qui coule dans l'Autre Monde. Mais si tu veux abandonner, libre à toi! Tu peux partir…

– Non… non! C'était simplement une question, répliqua-t-elle. Je te fais confiance.

– Repose-toi, lui ordonna Finn.

Le guerrier prit le relais et lança le filet dans la cuvette. La journée s'écoula sans qu'aucune prise digne de ce nom ne vienne récompenser leurs efforts.

Finnegas venait de succéder à Finn et lançait le filet depuis déjà une dizaine de minutes lorsque ses bras fatigués ne purent remonter la nasse. Son cœur s'emballa et le vieil homme hurla pour réveiller ses deux compagnons pêcheurs qui, brisés par leurs efforts, s'étaient endormis.

Celtina et Finn bondirent sur leurs pieds et vinrent prêter main-forte à Finnegas. À trois, ils tirèrent le filet avec une vigueur retrouvée.

Sous leurs yeux ébahis, un saumon d'une taille qu'ils n'avaient jamais imaginée apparut dans la nasse. Ils le tirèrent au sec pour l'examiner. Son dos brun offrait des reflets verts et bleus, tandis que ses flancs et son ventre étaient argentés et superbement brillants.

– Vite, Finn. Prépare le feu et fais-le cuire! ordonna Finnegas, alors que Celtina s'empressait de ramasser du bois mort pour faire une belle flambée.

Finn choisit une branche de bonne taille, dont il ôta l'écorce pour en faire un tourne-broche, et empala le saumon.

– C'est un saumon magique, vous ne devez en manger sous aucun prétexte, les prévint Finnegas. Vous n'êtes pas encore prêts pour les révélations qu'il pourrait vous faire. Il m'est réservé à moi seul, vous m'avez bien compris ?

– Nous te le promettons ! s'exclamèrent en chœur Celtina et Finn.

– Je vais me reposer maintenant. Je dois être prêt à accueillir sa sagesse… Vous viendrez me prévenir quand la chair sera prête à être consommée.

Le Saumon de la Connaissance avait la réputation de vivre très vieux. Mais c'était surtout sa capacité à remonter à la source qui faisait de lui le détenteur de la mémoire des temps originels et de la révélation primordiale, c'est-à-dire de la connaissance de la naissance du monde et du secret de la venue des hommes sur Terre.

En effet, les saumons naissent en eau douce avant de partir pour un long voyage de plusieurs années dans les eaux salées des océans. Puis, lorsque le moment de se repro-duire arrive, les saumons reviennent sur les lieux de leur naissance pour donner la vie à leur tour. Certains d'entre eux franchissent plusieurs milliers de leucas, souvent à contre-courant, remontant les plus petits ruisseaux et affrontant de très hautes cascades pour revenir là où ils sont nés.

Une fois à destination, les femelles déposent leurs œufs dans le gravier et les mâles les recouvrent de leur semence. Puis, les femelles dissimulent les œufs sous le gravier pour les protéger des prédateurs. Enfin, les alevins* éclosent ; ils peuvent passer de un à huit ans en eau douce avant d'entreprendre eux-mêmes le voyage vers les eaux salées, riches en nourriture, de la mer.

Comme promis, Finn s'occupa de la cuisson du Saumon de Fec.

– Il est à point ! s'exclama-t-il enfin. Je vais réveiller Finnegas.

– Avez-vous goûté à sa chair ? s'inquiéta le vieux druide en dévisageant Celtina et Finn pour surprendre la moindre trace de mensonge dans leurs yeux ou sur leurs joues.

– Non. J'ai suivi tes recommandations à la lettre ! s'exclama Finn. Toutefois… Toutefois, pendant que je tournais la broche, un morceau de sa peau s'est détaché et m'a brûlé le pouce. J'ai porté mon doigt à ma bouche pour calmer la brûlure.

– Par Hafgan ! jura Finnegas. Qu'as-tu fait là ? Tout est perdu pour moi ! Comment t'appelles-tu ?

– Ma mère m'a donné le nom de Demné, déclara Finn en regardant son pouce rougi. Mais on m'appelle aussi Finn.

– Finn! s'exclama le vieillard éberlué. Comme moi. En vérité, je me nomme Finn Eces, c'est le nom que ma mère m'a donné. La prophétie dont je t'ai déjà parlé disait que Finn était destiné à manger le Saumon de la Connaissance. J'ai toujours cru que j'étais ce Finn, mais maintenant je comprends mon erreur. C'est à toi que revient cet honneur. Il t'était destiné. Mange-le!

Peu rassuré, redoutant un piège mortel, Finn détacha un morceau de la chair rouge du Saumon et le grignota du bout des dents. Comme il n'avait ni maux de ventre ni haut-le-cœur, il s'enhardit et en consomma une portion plus volumineuse. Constatant qu'il ne tombait pas raide mort, il avala rapidement tout le poisson. Ce fut ainsi que Finn acquit toutes les connaissances du monde. Pour faire appel à ce savoir, il n'aurait dorénavant qu'à placer son pouce dans sa bouche afin que le passé et l'avenir lui fussent révélés.

– Je dois maintenant t'apprendre les trois chants rituels des druides qui te permettront de connaître tout ce que tu dois connaître, déclara Finnegas en entourant les épaules de Finn de ses bras maigres, comme on le fait avec son enfant. Tu dois connaître le *Tenm Laida* (l'Illumination du chant), le *Dichetal Do Chennaibh* (le Chant des têtes) et l'*Imbas Forosnai* (la Grande Science qui illumine).

– C'est la recherche de ces connaissances qui m'a mené auprès de toi, confirma Finn. Nos deux destins étaient liés.

Celtina était abasourdie. Néanmoins, elle gardait les oreilles grandes ouvertes ; Maève n'avait jamais pu lui apprendre ces trois chants, puisqu'elle n'était pas restée suffisamment longtemps dans la Maison des Connaissances de Mona. Généralement, cet apprentissage survenait à la huitième année d'études des druides. Elle avait dû fuir trop tôt.

– Le *Tenm Laida* fait référence au pouvoir purificateur du chant, déclara Finnegas à l'intention de son élève attentif, sans porter aucune attention à Celtina.

En effet, comme elle le faisait avec la plupart de ceux qui la rencontraient, elle avait caché sa formation de prêtresse à Finnegas.

Je me demande même s'il aurait pu la deviner, étant donné que j'ai perdu mes pouvoirs druidiques, songea-t-elle. *Finalement, c'est une bonne chose. Je vais pouvoir apprendre ce qui me manque sans en avoir l'air, en espérant retrouver toutes mes capacités sous peu.*

– Ce chant a le pouvoir de modifier la conscience de celui qui l'interprète tout comme de ceux qui l'écoutent, poursuivit Finnegas qui ne semblait pas avoir cherché à déchiffrer les pensées de la jeune fille.

Maève nous a souvent dit que chanter stimule l'énergie et apaise l'esprit. Cela suscite un état d'esprit qui permet d'oublier la réalité quotidienne pour trouver les chemins qui mènent au monde intérieur de l'interprète et de l'auditeur, poursuivit-elle en pensée.

Puis Celtina revint au moment présent, à l'instant où Finnegas murmurait une phrase très courte, composée de deux vers seulement, à l'intention de Finn. Mentalement, elle se la répéta, tandis que le jeune guerrier laissait sa voix claire et forte être emportée dans l'air serein des bords de la rivière, chantant de tout son cœur le *Tenm Laida*.

– Quand tu auras chanté ainsi pendant plus d'une heure, ton esprit se libérera et tu seras complètement apaisé. C'est le premier geste que tu dois accomplir pour accéder à la connaissance et pour que les deux autres chants rituels puissent jouer parfaitement leur rôle, poursuivit Finnegas en faisant une démonstration de ce savoir-faire druidique.

Aussitôt, Celtina et Finn ressentirent un grand calme descendre en eux, leurs yeux se fermèrent, leur respiration ralentit. Ils furent détendus et heureux.

– Le second chant rituel est le *Dichetal Do Chennaibh*, continua le druide. Il vient du feu sacré de l'esprit. Cette fois, tu devras avoir recours à l'improvisation. Elle t'amènera au plus près de la Vérité, de la Révélation et de la Prophétie. Quant à l'*Imbas Forosnai*, il est lié au sacrifice. Tu devras mastiquer un morceau des Noisettes de la Sagesse que tu placeras ensuite sur une pierre, en offrande aux dieux des Tribus de Dana, en prononçant ton incantation. Le lendemain, après deux incantations, il te suffira de placer tes paumes sur tes joues jusqu'à ce que tu t'endormes. Tu tomberas alors dans un profond sommeil qui pourra durer jusqu'à neuf jours. Pendant ce long voyage, tu apprendras tout ce que tu désires savoir, tu pourras interpréter les rêves et saisir le sens de tes divinations.

– Les Noisettes de la Sagesse! s'étonna à voix haute Celtina, ce qui eut pour effet de faire comprendre à Finnegas que ses explications n'étaient sans doute pas tombées dans l'oreille d'une sourde.

– Ce n'est pas une science pour toi, jeune fille! la rabroua le druide. Reste ici. Toi, Finn, accompagne-moi dans la forêt. Je dois te montrer quelque chose qui te servira toute ta vie.

Celtina eut bien envie de se glisser derrière les deux hommes pour espionner leurs propos et leurs gestes, mais malgré tout elle s'assit sur la pierre plate où elle s'était réveillée plusieurs jours plus tôt. Elle comprenait, sans pouvoir se l'expliquer, que le moment n'était pas encore venu pour elle de percer le plus grand des secrets druidiques.

De l'autre côté de la Fontaine de Fec, Finnegas désigna à Finn les champignons magiques, au pied blanc et au chapeau rouge parsemé de verrues blanches, qui lui permettraient de se projeter dans l'avenir.

– En alliant le savoir des druides à la force des guerriers, tu seras un héros dont le souvenir sera glorifié. À toi de savoir utiliser cette science à bon escient, déclara le vieux druide en donnant une accolade à son élève. Maintenant, mon enseignement est fini. Cependant, je te conseille de te rendre auprès de Cethern, le fils de Fintan le vieux sage. Il t'apprendra à composer de la poésie selon les circonstances de la vie. Tu seras ainsi totalement formé et plus personne n'aura rien à t'apprendre.

Finn remercia son vieux maître et s'éloigna sans même un regard derrière lui. Sans s'inquiéter non plus de ce qu'il adviendrait de Celtina.

Finnegas retourna auprès de la jeune prêtresse. Il la trouva songeuse et triste.

– Il existe des secrets que tous ne peuvent percer, lui dit-il pour tenter de consoler la peine qu'il sentait poindre dans son cœur.

Il était loin de se douter qu'il avait affaire à une prêtresse qui tentait d'achever sa formation par ses propres moyens, mais l'eût-il su qu'il n'aurait probablement pas agi autrement. « Chaque chose en son temps » était la devise des druides.

Il tendit à Celtina un breuvage de sa composition destiné à lui faire oublier tout ce qu'elle avait entendu au sujet des trois chants rituels druidiques. Mais à l'insu du vieux druide, l'adolescente, qui avait deviné ses intentions, versa le liquide d'oubli dans la Fontaine de Fec. Puis, elle s'allongea sur la pierre plate pour feindre le sommeil. Finnegas resta longtemps à la veiller avant de s'éloigner à son tour dans la forêt.

Quand elle fut certaine que le vieux druide ne reviendrait pas sur ses pas, Celtina se leva, prête elle aussi à reprendre sa route, même si elle n'avait aucune idée de l'endroit où elle devait aller.

Le hasard, ou celui qui la manipulait et la faisait voyager dans le temps, interviendrait sûrement pour la propulser ailleurs, dans une autre époque.

Dans le monde parallèle, la pluie avait fini par cesser. Fierdad rejeta sa couverture dégoulinante qui ne l'avait pas protégé long-temps du déluge. Il était trempé de la tête aux pieds. De son sac de voyage, il sortit quelques vêtements de rechange qu'il avait réussi à épargner de la pluie et se changea. Une fois que ce fut fait, il examina les alentours, cherchant du bois pour faire un feu, mais, bien entendu, il était détrempé et inutilisable. Il ramassa quelques brindilles de bruyère mais ne parvint pas à les enflammer, même en se servant de son nodule de pyrite qu'il cogna à plusieurs reprises contre le mégalithe de granite qui l'avait réchauffé au cours de la tempête. Fierdad ignorait que chaque coup porté à ce rocher se répercutait aussitôt sur la vie de Celtina qui y était enfermée depuis que la cockatrice l'avait changée en pierre.

Chapitre 7

Les saisons avaient passé rapidement dans le monde de Finn. Après des mois et des mois d'errance, le guerrier, maintenant âgé de vingt-huit ans, arriva près d'une colline où il trouva trois femmes en larmes. Il s'approcha, mais dès qu'elles l'aperçurent, elles se levèrent et s'engouffrèrent dans les profondeurs d'un tertre. Toutefois, l'une d'elles ne fut pas assez rapide et, grâce à sa vivacité, Finn parvint à la retenir par son manteau. La fibule qui l'ornait lui resta dans les mains. Le bijou d'or et de bronze représentait un superbe cheval qui effectuait une redoutable ruade. Il n'en avait jamais vu de si beau.

— Rends-moi cette attache ! hurla la femme, furieuse mais surtout désespérée, lui sembla-t-il.

— Je te la rendrai seulement si tu me dis pourquoi vous vous êtes enfuies à mon approche, la brava le guerrier en examinant attentivement sa prise.

— Ça ne te regarde pas ! répondit la femme d'une voix cassée par la crainte. Rends-moi ma fibule, j'y tiens beaucoup !

– Non, s'entêta Finn. Dis-moi d'abord ce que je veux savoir.

– Tu ne peux pas comprendre. Je ne peux pas regagner le tertre sans elle. Si je ne porte pas ma fibule, les miens me renieront et me banniront. Je serai condamnée à errer nuit et jour sans jamais trouver le repos.

– Ah!… Ainsi donc, tu avoues que vous êtes des bansidhe! s'amusa Finn.

– Crois ce que tu veux! Si tu me la rends, je te doterai d'un don qui te sera fort utile!

– Quel don?

– Celui de guérir un blessé en lui donnant à boire de l'eau puisée à une source claire dans le creux de tes mains…

Finn éclata de rire. Il ne croyait pas tellement à ce don, mais il n'avait pas non plus envie de provoquer la colère d'une bansidh. Et puis, ce jeu de taquineries commençait à le lasser. Il n'avait jamais eu l'intention de garder le bijou, il avait simplement cherché à s'amuser un peu aux dépens de cette femme étrange.

– Alors, tu acceptes? demanda la bansidh.

– Pourquoi pas? Voici ton attache!

Finn tendit la fibule dans sa paume grande ouverte; la bansidh la lui arracha presque des mains, puis, sans que Finn eût le temps d'ajouter quoi que ce fût, elle disparut dans le tertre dans un tourbillon de vent.

Il esquissa une moue sceptique, puis haussa les épaules et se remit en route en direction de

Tara, la capitale du royaume d'Ériu. Le jeune guerrier était d'avis qu'il était temps maintenant pour lui de révéler son identité à tous et de prendre la place qui lui revenait parmi les guerriers de l'île Verte. Dans quelques jours, la fête de Beltaine battrait son plein. Comme c'était la coutume, Dal Cuinn avait convié tous les rois de clans et les chefs de tribus à un grand festin.

Finn s'approcha de l'enceinte sacrée et se faufila parmi les nombreux invités qui s'y pressaient. Pour cette célébration annuelle, les druides ne cessaient de rappeler aux participants que nulle arme ne devait être brandie dans l'enceinte sacrée et qu'aucune querelle ne serait tolérée entre eux. C'était la loi. Tous avaient le droit de s'exprimer après les druides et après leur protecteur Dal Cuinn, selon le protocole en vigueur chez les Celtes.

La fête se déroula comme prévu, sans anicroche ni tension. Dal Cuinn était assis au milieu de l'assemblée, entouré des rois de provinces, des rois de tribus, des chefs de clans, des nobles et des Fianna. Ces derniers étaient menés par Goll, du clan de Morna.

Dal Cuinn s'adressa avec respect et amabilité à chacun de ses hôtes de marque, les connaissant tous par leur nom. Il s'enquit de leur santé et des nouvelles de leur clan, de leur famille. Chacun raconta les exploits des héros et des guerriers, et rapporta les événements qui avaient marqué la vie des villages et des territoires sous sa responsabilité. Tout à coup, le regard de Dal Cuinn tomba sur un jeune homme qu'il ne connaissait pas.

— Qui que tu sois, sois le bienvenu à Tara, dit le roi en le saluant.

L'inconnu se leva et répondit aux salutations par l'improvisation d'un chant à la gloire de la nature et des vertes prairies d'Ériu. Ses rimes étaient si bien tournées que tous l'applaudirent ; même les bardes les plus confirmés admirent que le chant était de grande qualité.

— Qui es-tu ? l'interrogea Dal Cuinn. Tu as l'apparence d'un noble guerrier, mais les connaissances d'un druide.

— Je suis Finn, le fils de Cumhal, déclara le nouveau venu sans hésiter.

La révélation de son nom provoqua un grand brouhaha parmi les convives. La plupart savaient que Cumhal avait été tué lâchement par les hommes du clan de Morna. D'ailleurs, ceux-ci se regroupèrent aussitôt autour de leur chef Goll, comme pour lui faire un rempart de leurs corps.

— Que viens-tu faire ici ? demanda Dal Cuinn sans se départir de sa courtoisie, mais sur un ton ferme qui indiquait à tous qu'il ne supporterait aucun conflit dans l'enceinte sacrée de Tara.

— Je ne viens pas chercher la querelle, rassure-toi, répliqua Finn sur un ton tout aussi assuré. Je viens simplement me mettre à ton service, avec courage et loyauté, comme mon père l'a fait autrefois.

– Ton père fut pour moi un ami très cher, qui a servi les Celtes avec droiture et fidélité. Si tel est ton désir, tu peux te joindre à mes dévoués combattants.

– Je jure de te servir toute ma vie ! lança Finn, et il donna l'accolade au protecteur Dal Cuinn.

– Assieds-toi près de moi, auprès de mon propre fils, Alani.

Un murmure se fit entendre parmi les Fianna ; ce geste de Dal Cuinn envers Finn traduisait la haute estime en laquelle le roi tenait le fils de Cumhal.

La fête se poursuivit, mais plus la nuit avançait et plus Finn voyait que Dal Cuinn était préoccupé. La plupart des chefs réunis à Tara ne cessaient de jeter des coups d'œil angoissés vers les hauts murs de la forteresse. Ils étaient aussi tendus que des arcs, prêts à bondir sur leurs pieds à la moindre alerte.

– Que se passe-t-il ? finit par demander le jeune guerrier, qui ne voyait pas ce qui pouvait inquiéter ces combattants endurcis.

– Depuis quelque temps, nous sommes aux prises avec une bête surnaturelle et géante que les gens des alentours appellent Midna, expliqua Alani.

– Dès que la nuit tombe, elle franchit le mur d'enceinte de Tara. On ne peut lui résister, confirma Dal Cuinn. Midna se met à jouer de sa harpe maléfique, et quiconque l'entend se retrouve paralysé, incapable de bouger. La bête en profite alors pour entrer dans les maisons, les piller, et détruire ce qu'elle ne peut emporter.

— Le pire, c'est lorsqu'elle se met à vomir des flammes qui brûlent tout ce qui se trouve sur son passage, poursuivit Alani. Elle a déjà détruit des douzaines de maisons et nous craignons que tout Tara ne finisse par être consumée.

— Midna disparaît aussi mystérieusement qu'elle apparaît, dans un épais brouillard. Ce n'est qu'après son départ que les habitants de Tara retrouvent l'usage de leurs membres. Mais, bien entendu, il est trop tard pour agir.

Dans l'assemblée, installée parmi les druides et les prêtresses, Celtina n'avait pas perdu un mot de la conversation de Finn avec Dal Cuinn et Alani. Mue par une inspiration dont elle ne put identifier l'origine, elle lança au protecteur de Tara :

— Que donneras-tu à celui qui saura te débarrasser de Midna ?

Tous se tournèrent vers elle et, encore une fois, elle comprit que Finn ne la reconnaissait pas. Mais elle ne s'en émut pas, car elle s'était rendu compte que ses déplacements temporels n'avaient pour but que de la placer dans une position où elle pouvait aider Finn à accomplir sa destinée ou encore être témoin de ses nombreuses aventures.

– Ce que j'ai le droit de lui donner, répliqua Dal Cuinn à la question qu'elle venait de lui poser. Des troupeaux, des prairies, mais en aucun cas je ne peux lui céder le titre de protecteur de Tara, car je ne suis pas libre d'en disposer à ma guise.

– Je ne veux ni bêtes ni terres, et encore moins la souveraineté sur Tara, déclara enfin Finn. Si je te débarrasse de Midna, je veux seulement savoir si je pourrai un jour reprendre le titre de chef de l'Ordre des chevaliers des Quatre Royaumes qui a autrefois appartenu à mon père.

– Je ne vois rien qui puisse s'y opposer! déclara Dal Cuinn.

– Fais-en le serment devant tous les rois ici rassemblés, insista Finn.

Dal Cuinn obtempéra, prenant à témoin son druide Cithro et tous les chefs autour de lui. Une fois que le roi eut juré, l'assemblée se dispersa. Finn se retrouva seul. Il se mit aussitôt à réfléchir à la meilleure façon de se débarrasser de l'immonde bête Midna.

Celtina s'approcha de lui. Il releva la tête et la vit.

– Je ne sais pas qui tu es, jeune fille, et pourquoi tu as ainsi provoqué cette conversation entre Dal Cuinn et moi, mais maintenant me voilà devant un défi quasiment insurmontable.

Si je ne parviens pas à débarrasser Tara de ce monstre, je devrai renoncer à tout jamais à diriger les Fianna.

– Je dispose de ressources que tu ne peux imaginer, murmura Celtina. J'ai reçu une formation de prêtresse, même si pour le moment mes pouvoirs druidiques sont un peu... euh, comment dirais-je, un peu... ankylosés!

– Voilà qui va bien m'aider, en vérité! grommela Finn, indisposé par cette mauvaise nouvelle.

– Je crois que si un vate* vient à mon aide, je pourrai retrouver suffisamment mes moyens pour te permettre d'acquérir un talisman qui appartient aux Tribus de Dana et qui te rendra invulnérable aux charmes de Midna, tout en te donnant les capacités de l'abattre.

– Tu crois? Tu n'en es même pas sûre!... fulmina Finn, à la fois en colère et inquiet des conséquences d'un échec. Et si ça ne fonctionne pas, qu'allons-nous faire? Si Tara est dévastée à cause de nous, aucun endroit au monde ne pourra abriter notre honte et nous protéger du châtiment mérité que nous encourrons.

Tandis que Finn faisait les cent pas devant Celtina, l'attention de la jeune fille fut attirée par l'arrivée d'un druide qu'elle avait vu plus tôt dans l'entourage de Dal Cuinn. Elle l'avait remarqué à cause de sa grosse tête ridée comme une vieille pomme. Une prêtresse qui était assise près d'elle lui avait raconté que cet homme avait causé la mort de sa mère à sa naissance à cause de la taille de son crâne. Elle frissonna en le voyant approcher.

– Ne vous alarmez pas, mes amis ! leur dit l'homme. Je m'appelle Fiacha à la Tête Large. J'étais l'un des fidèles compagnons de Cumhal. Je viens t'offrir mes services, Finn.

– Merci, déclara le jeune homme. Je ne vois pas encore très bien ce que tu peux faire pour moi, mais je suis heureux de retrouver un ami de mon père. Sois le bienvenu !

Celtina examina le nouveau venu des pieds à la tête, se demandant si elle pouvait lui faire confiance et lui révéler qu'elle était une prêtresse des Thuatha Dé Danann. En tant que druide, Fiacha n'était pas censé la trahir. Et comme elle l'avait dit à Finn, elle avait besoin de quelqu'un pour mener à bien le plan qu'elle mijotait depuis qu'elle avait appris l'existence de Midna.

Après plusieurs minutes de silence, elle se décida enfin à dévoiler sa véritable identité à Fiacha et, surtout, à lui faire une révélation qui, elle l'espérait, n'allait pas la faire passer pour folle.

– Hum ! Eh bien, voilà…, commença-t-elle d'une voix mal assurée. Pour aider Finn, j'ai un plan. Mais pour réussir, j'ai besoin d'un druide, plus précisément d'un vate. Je… je viens d'une autre époque… Je ne sais pas comment ce phénomène a pu se produire, mais je voyage dans le temps.

Puis elle débita son histoire à toute vitesse, comme si elle craignait qu'on l'interrompît. Elle expliqua qu'elle avait assisté à la naissance de Finn, à sa formation auprès de Bodmall et de Liath Luachra, à son enlèvement par le brigand Fiacail, à ses exploits contre les jeunes guerriers de la forteresse d'Almu, à son apprentissage chez Lochan le forgeron et à la façon dont il avait tué Béo la truie sauvage, et elle dévoila comment Finn avait été amené à manger le Saumon de la Connaissance.

Quand finalement elle se tut, Finn la dévisagea, à la fois éberlué et anxieux. Un instant, il se demanda si ce n'était pas la folie qui la faisait parler ainsi. Il n'osait croire à son histoire de voyage dans le temps et, pourtant, il devait bien admettre qu'elle connaissait tout de son passé et de sa vie.

– Pourquoi as-tu besoin d'un vate? la questionna Fiacha sans même s'étonner de ce qu'elle lui avait confié car, en tant que prêtre celte, il savait que tout était possible à ceux qui avaient acquis une formation en druidisme, même se déplacer dans le passé ou l'avenir. Si ce que tu dis est vrai, si tu as vraiment reçu ta formation dans l'Île sacrée, je ne vois pas en quoi je puis t'être utile…

– Je me suis rendu compte que j'ai perdu mes pouvoirs druidiques. Je n'arrive plus à lire dans les pensées ni à me transformer à ma guise. Je crains d'avoir également perdu…

Elle hésita, puis finalement elle laissa tomber :

– ... perdu les talismans que les dieux m'ont demandé de mettre en lieu sûr.

– Les talismans ! s'étouffa Fiacha. Parles-tu de l'épée de Nuada, de la lance de Lug, du chaudron de Dagda et de la pierre de Fâl ?

– Ceux-là mêmes ! avoua Celtina. En fait, il n'y a que la pierre de Fâl que je n'ai jamais eue. Les autres talismans étaient avec moi... mais je ne parviens pas à savoir si je les possède toujours ou s'ils sont restés dans l'époque d'où je viens.

– Comment puis-je t'aider ? la questionna Fiacha, catastrophé par les propos de la jeune prêtresse, tout en tentant de n'en rien laisser paraître.

– Tu le sais..., répliqua Celtina en rivant ses grands yeux céladon dans le regard sombre du druide. Il n'y a que les Noisettes de la Sagesse qui puissent me donner cette connaissance. Tu dois me permettre d'en consommer tout en surveillant mon voyage hors du temps.

– C'est dangereux... Si j'en crois ce que tu m'as raconté, tu te déplaces déjà dans le passé. Un double voyage hors du temps peut te laisser suspendue dans le néant, il n'y a que les vates les plus expérimentés qui puissent relever ce défi, mais personne parmi mes connaissances ne l'a jamais tenté. Pourquoi veux-tu courir ce risque ?

— Il le faut! s'entêta l'adolescente. Finn doit devenir le chef de l'Ordre des chevaliers des Quatre Royaumes, c'est son destin. Pour ce faire, il doit vaincre la bête Midna, et seule la lance de Lug peut l'y aider. Je possède cette lance, je dois la lui prêter.

— Je ne sais pas... Ce que tu me demandes est tellement... exceptionnel. Tellement dangereux. J'hésite à te laisser mettre ta vie en danger.

— Ma vie sera encore plus en danger si tu ne m'aides pas! insista Celtina tout en ajoutant tout bas: Si tu ne le fais pas, plus rien de ce que j'ai déjà vécu ne pourra exister... Tout s'effacera. Si cela arrive, j'y perdrai la vie ou la raison.

— Pourquoi dis-tu cela? s'inquiéta Finn.

— Parce que lorsque je t'ai rencontré pour la première fois, à Acmoda, tu étais le chef de l'Ordre des chevaliers des Quatre Royaumes, laissa tomber Celtina.

— Tu crois donc que si je suis devenu le chef des Fianna dans l'avenir, c'est parce que, dans le passé, j'ai vaincu Midna...

Il la regarda d'un air intrigué, se demandant toujours si elle disait la vérité ou si la folie s'était emparée de son esprit. Le comportement de Fiacha, cependant, tendait à persuader Finn qu'elle n'inventait rien. Elle l'avait vraiment connu autrefois et dans l'avenir. Finn songea qu'il n'avait pas à questionner les dires des druides, seulement à les accepter, tout comme il devait croire en leurs pouvoirs exceptionnels.

– C'est bien ça! confirma Celtina en réponse à la question du jeune guerrier. Mais pour réussir, tu dois posséder la lance de Lug, et c'est moi qui l'ai. Je dois simplement être en mesure de la faire apparaître pour te la prêter.

– Tout cela m'effraie! soupira Fiacha. Pourtant, je ne vois pas d'autre solution que celle que tu proposes.

– J'ai étudié huit ans auprès de Maève, j'allais accéder à la connaissance que donnent les Noisettes de la Sagesse. Cette formation ne m'a pas été dispensée faute de temps. J'ai dû fuir avant d'atteindre la Vérité et la Révélation. Je suis prête, tu dois me donner accès à l'*Imbas Forosnai*.

– C'est bon, j'accepte! abdiqua Fiacha après avoir longuement réfléchi en silence. Bientôt, la lune sera au zénith et ce sera un bon moment pour te permettre ce voyage hors du temps.

D'une poche cousue dans les plis de son aube blanche, le vate tira une boule ocre qui dégageait une odeur de terre.

– Je vais te donner un tout petit morceau de ce champignon pour que ton voyage soit le plus court possible. Si tu ne parviens pas à faire apparaître la lance de Lug, je te ramènerai aussitôt. Et il ne sera plus question de recommencer. Tu m'as bien compris? l'avertit Fiacha sur un ton sévère.

– Oui, murmura-t-elle, la gorge nouée par l'émotion et la crainte.

Du bout du doigt, Fiacha gratta quelques particules de la boule ocre, qu'il fit glisser sur la langue de Celtina. Elle les avala en fermant les yeux.

D'abord, l'adolescente ne ressentit qu'un léger picotement sur la nuque puis, brusquement, elle sentit le sang battre violemment contre ses tempes, prises comme dans un étau. La douleur qui martelait sa tête était presque insoutenable. Un hurlement souleva sa poitrine.

Finn se précipita vers elle, mais Fiacha retint son geste.

– Tu ne dois pas intervenir ! Je surveille ce voyage mouvementé. Si je considère qu'elle est en danger, ne t'inquiète pas, je la ramènerai.

Le druide sortit de sa poche une fiole contenant un liquide jaunâtre.

– Trois gouttes de ce breuvage la ramèneront parmi nous sans dommage.

Sous ses paupières closes, Celtina assista à un défilé rapide de couleurs parfois pâles, mais le plus souvent fort vives : des rouges, des violets, des bleus et des verts tourbillonnaient en une multitude de points lumineux et brûlants. Elle était emportée dans ce maelström où n'existait nulle notion de haut et de bas. Elle n'avait plus conscience ni de son être ni de son corps, et encore moins de l'objet de ce voyage hors du temps. Tout à coup, un souvenir perça sa conscience. Son voyage dans le Keugant*, là où rien n'est encore créé, lui revenait par bribes. Elle était de retour dans le néant, sans la protection de Dagda pour veiller sur sa tête. Mais elle n'eut guère le temps de s'interroger sur ce qui lui arrivait que, déjà, le bal des couleurs l'emportait comme une aigrette de pissenlit soufflée par le vent. Cette comparaison lui arracha un sourire, car elle se souvint que son surnom était justement Petite Aigrette.

Le sourire sur le visage Celtina ramena le calme dans le cœur de Finn qui, depuis qu'elle s'était endormie pour l'*Imbas Forosnai*, s'inquiétait de voir des plis douloureux sur son visage. Penchés sur son corps étendu sur le sol, le druide et le guerrier attendaient un signe, un son qui leur indiqueraient qu'elle était sur le point de trouver une réponse à ses questions.

Brusquement, le corps de la prêtresse fut agité de tremblements ; de légers, ils se firent de plus en plus frénétiques, tandis que des paroles sans queue ni tête franchissaient ses lèvres.

– Elle est couverte de sueur, il faut la ramener…, s'inquiéta Finn en épongeant la transpiration avec un pan de sa propre tunique.

Fiacha posa sa main sur le front de l'adolescente : il était bouillant. Le druide approcha la fiole des lèvres de Celtina pour y faire couler les trois gouttes qui devaient l'extirper de son état cataleptique*, mais un mouvement involontaire du bras de la jeune fille arracha le flacon des mains de Fiacha. La fiole alla se fracasser contre un rocher.

– Non ! hurla Finn en se précipitant vers les débris de verre dans l'espoir de sauver quelques gouttes du précieux philtre.

Mais la terre avait déjà absorbé tout le liquide. Les tessons de verre bleutés étaient désormais à peine mouillés.

– Peut-être que si l'on place les morceaux sur ses lèvres, ce sera suffisant ! lança-t-il à Fiacha en ramenant avec précaution les plus importants débris dans ses paumes.

– Non… elle doit avaler le liquide pour que ce soit efficace, le détrompa le vate. La seule chose qu'il nous reste à faire, c'est de demander aux Thuatha Dé Danann de veiller sur elle, et surtout de nous la rendre saine et sauve quand son voyage hors du temps tirera à sa fin.

Finn et Fiacha se mirent aussitôt à chanter des incantations pour invoquer la protection et l'aide de Dagda, de Brigit, de Lug, d'Ogme et des principaux dieux des Tribus de Dana.

Chapitre 8

Dans son semi-coma, Celtina arpentait en toute sérénité de vertes prairies, couvertes de fleurs, où paissaient des centaines de moutons bien gras. L'air embaumait et une douce mélodie courait d'une colline à l'autre, où de resplendissants pommiers, chose surprenante, donnaient à la fois leurs fleurs et leurs fruits, symboles de la connaissance du Mystère. La lumière rose pastel qui enveloppait le paysage n'était pas agressive pour les yeux, plutôt apaisante pour l'âme. Il y régnait une paix profonde comme Celtina n'en avait jamais ressentie, ni à Ériu ni même dans le royaume souterrain des Tribus de Dana.

Même si elle se sentait bien dans ce lieu calme et doux, elle ne perdait pas de vue ce qu'elle était venue y faire. Il n'y avait que là, dans cette Terre des Promesses, qu'elle n'avait pas encore pu atteindre dans le monde réel, qu'elle pouvait savoir si les talismans des Thuatha Dé Danann étaient encore en sa possession. Un instant, la tentation d'interroger l'avenir sur l'éventuelle réussite de sa mission et sur ce qui était arrivé à son père la traversa. Elle dut faire d'énormes efforts sur sa conscience pour éviter de tomber dans le piège. Elle ne pouvait se permettre de rester longtemps dans ce lieu et encore moins de chercher à percer plusieurs secrets à la fois. Elle n'était pas venue ici pour satisfaire un besoin personnel, mais plutôt pour aider Finn à sauver Tara et, par le fait même, à la sauver, elle. Si Finn échouait contre Midna, alors plus rien de ce qu'elle avait vécu jusqu'à ce jour n'aurait de raison d'être : tout n'aurait été qu'un rêve, une illusion. Finn devait devenir le chef de l'Ordre des chevaliers des Quatre Royaumes, puisque c'est sous ce titre qu'elle l'avait connu autrefois. Il devait accomplir son destin pour qu'elle pût poursuivre le sien.

Chassant toute pensée de son esprit, et notamment les visages des membres de sa famille, elle s'assit sur un petit monticule de pierres et se concentra sur l'image de la lance de Lug dans l'espoir de la faire apparaître.

Après quelques secondes d'intense concentration, la silhouette diaphane de Clethan, la maîtresse des lieux, apparut devant elle. Celtina ne l'avait ni vue ni entendue venir. Elle sursauta.

– Bonjour, Élue. Je ne t'attendais pas si tôt dans la Terre des Promesses. Il me semble pourtant que tu n'as pas recueilli tous les vers d'or…, dit la déesse d'une voix douce et chantante.

– Hum! Non… Je suis loin d'avoir réussi ma quête, fit Celtina sur un ton désabusé. Je suis venue pour autre chose…

– Je le sais bien… Tu n'as pas à faire cette triste tête. L'heure n'est pas encore venue. Mais n'oublie pas, tu n'as droit qu'à une seule demande, alors réfléchis bien avant de la formuler.

Une fois encore, la tentation de questionner Clethan sur le sort de son père traversa l'esprit de Celtina. Elle dut faire un effort considérable pour ne pas se laisser emporter par ses propres inquiétudes.

– J'ai besoin de la lance de Lug, articula-t-elle très vite, comme si elle craignait que ses lèvres prononcent d'autres mots.

La maîtresse de la Terre des Promesses désigna du doigt un endroit derrière elle. Celtina se retourna. La lance magique de Lug était là, avec sa tête d'airain sans défaut, aux pointes hérissées, où perlait une goutte de sang. Un homme chauve et imberbe, portant la robe blanche druidique, la tenait entre ses mains.

– Je suis Esras de Gorias, l'île de Feu, expliqua le druide à la voix grave. La lance de Lug est destinée à revenir un jour entre mes mains, mais pour l'instant, je consens à ce que tu l'apportes à Finn, car elle seule peut vaincre la terrible bête Midna. C'est une arme dangereuse dont les simples mortels ne doivent jamais se servir…

– Mais Finn?

– Finn n'est pas un simple mortel. Dans ses veines coule le sang des Nemédiens*, des Fir-Bolg et même des Thuatha Dé Danann.

Celtina avala sa salive, émue de rencontrer l'un des quatre druides primordiaux qui vivaient dans les Îles du Nord du Monde, ceux-là mêmes qui avaient enseigné la science, la magie et les arts aux Thuatha Dé Danann. Ces quatre druides représentaient les quatre éléments. Esras, comme il venait de le dire, symbolisait le Feu.

– Tu peux la toucher, poursuivit Esras en lui tendant la lance.

– Mais… je suis une mortelle…

– Non. Tu es l'Élue. N'aie pas peur…

Tremblante, Celtina avança la main droite qu'elle posa sur la hampe rigide de Luinn, l'arme magique. Elle la sentit tressaillir dans sa paume et faillit la laisser tomber. Les pointes acérées se mirent à vibrer lorsqu'elle resserra ses doigts plus fermement autour du manche.

– Finn, en tant qu'arrière-petit-fils de Nuada à la Main d'argent, est digne de se servir de cette arme redoutable. Dis-lui que lui seul peut défendre l'honneur des Fianna. Cependant, lorsqu'il se trouvera face à Midna, conseille-lui de ne pas se laisser distraire par la musique qu'il entendra, car les mélodies de cette immonde créature n'ont d'autre but que de provoquer l'engourdissement. Ce combat contre ce spectre issu de l'ombre, créé par l'esprit du Mal des Fomoré, en est un pour la sauvegarde de Tara, mais aussi pour la réputation et la gloire du clan des Baiscné. Qu'il ne l'oublie pas !

– Compte sur moi. Je le lui dirai, bredouilla Celtina, la gorge rendue sèche par l'émotion. Puis-je te poser une question, Esras ?

– Je t'écoute !

– Je ne vois pas l'épée de Nuada ni le chaudron de Dagda…

– Hum ! Serait-ce un second vœu que tu formules ?

– Non… non, oublie cette remarque… Ce n'est pas une question… juste, juste une constatation…

La panique s'empara de Celtina. Malgré les avertissements de Clethan, elle avait osé poser deux questions et s'attendait maintenant au pire.

Je suis stupide, j'ai tout gâché ! Je ne comprends pas que les dieux m'aient choisie pour être l'Élue. Je suis vraiment trop bête !

– Calme-toi, Celtina ! Écoute-moi… L'épée de Nuada est toujours avec toi, mais tu n'as plus le chaudron de Dagda…

Puis, sentant que la jeune prêtresse était au bord des larmes et du découragement, il ajouta :

– Tu le retrouveras, ne t'inquiète pas.

À peine Esras eut-il fini de prononcer ces quelques mots que Celtina sentit de l'eau fraîche couler sur son front. Elle avait un terrible mal de tête et, derrière ses paupières closes, ses yeux brûlaient comme s'ils s'étaient frottés à la plus ardente des lumières.

– Celtina! murmura une voix à son oreille.

Sur le coup, elle ne la reconnut pas. Puis, la voix se faisant de plus en plus insistante, elle finit par comprendre que c'était Fiacha qui répétait son nom.

Elle ouvrit lentement les yeux et découvrit le vieux druide et Finn penchés sur elle, l'air inquiet. Ses doigts la faisaient souffrir; elle les décrispa un à un avant de se rendre compte qu'ils étaient serrés sur une hampe rigide comme l'acier. Une pensée fulgurante la traversa : *La lance de Lug! Elle est vraiment là! Je n'ai pas rêvé!*

Revenue de son étrange expérience, Celtina rapporta mot pour mot à Finn tout ce qu'Esras lui avait conseillé de dire. Puis, l'arme magique changea de main. Dorénavant, leur sort à tous reposait sur les épaules de ce jeune guerrier au teint pâle et aux cheveux blonds, presque blancs.

La nuit était déjà bien avancée lorsque Finn, accompagné de Fiacha et de Celtina, entreprit d'inspecter la forteresse de Tara, s'attardant au moindre recoin pour tenter de débusquer la bête qui menaçait la cité sacrée.

Le ciel, abondamment étoilé et illuminé par Sirona, se couvrit brusquement. Les trois compagnons grimpèrent en vitesse dans une des tours de guet de l'enceinte de la forteresse et scrutèrent attentivement les environs.

Soudain, Celtina mit sa main sur le bras de Finn pour attirer l'attention du jeune homme sur la plaine, en contrebas de la colline. Une mer de brume semblait courir vers eux. Puis vint le son… une musique plaintive aux accents déchirants, jouée sur une harpe aux cordes ultrasensibles. Jamais aucun d'eux n'avait entendu une telle musique. Elle s'insinua au plus profond de leur âme, ramenant à leur mémoire leurs plus douloureux souvenirs. Des larmes coulèrent sur les joues de Celtina. Ses plus profonds chagrins, ses plus grandes douleurs, toutes les émotions les plus tristes qu'elle eût jamais ressenties montaient en elle par vagues successives, dans un flot impossible à endiguer*. Elle tourna son visage vers Finn et lut sur les traits de son ami les mêmes émotions à fleur de peau. Leur désespoir était si profond qu'ils n'envisageaient plus de jamais connaître la moindre joie de vivre. Cette musique lancinante leur donnait l'envie de se jeter dans la rivière la plus glaciale pour y engloutir leurs peines les plus déchirantes.

– Je suis incapable de dire si les cordes de cette harpe imitent une voix humaine ou un chant venu du fond des âges, murmura Fiacha en s'asséchant les yeux. La souffrance qu'elle me cause est trop grande pour que je puisse songer à utiliser mes pouvoirs druidiques pour nous en protéger.

– Je n'arrive plus à tenir debout, renchérit Celtina. J'ai l'impression de sortir de mon propre corps et de flotter à côté de moi-même.

– Je perçois des voix étranges aux accents mélancoliques qui se mêlent à des tonalités plus joyeuses et pénétrantes. Elles me somment de me coucher sur le sol et de dormir…, déclara à son tour Finn en étouffant un bâillement dans un pan de sa tunique.

Poussées par un vent violent, des litanies, des supplications, des lamentations suivies de rires déments venaient percuter leurs oreilles en puissantes vagues sonores. Et partout, tout autour d'eux, l'air vibrait comme un écho.

– Par Hafgan, où sommes-nous donc ? hurla Celtina en plaquant ses deux mains de chaque côté de sa tête pour faire cesser les bourdonnements qui avaient envahi son crâne.

Ils avaient perdu toute notion de temps et de lieu, ne sachant plus, pour leur plus grand malheur, où porter leur regard et leur attention pour échapper au sortilège de la bête venue de l'île du Brouillard.

Depuis que le monstre venait hanter les abords de Tara, peu de héros s'étaient risqués à l'affronter. Et ceux qui l'avaient osé n'étaient jamais revenus pour raconter ce qui leur était arrivé.

Selon ce que leur avaient dit Dal Cuinn et son fils Alani, l'attaque de Midna commençait toujours de la même façon. Au cœur de la nuit, alors que tous tremblaient dans leur lit, la bête des Fomoré lançait ses notes de musique effroyables. Ceux qui avaient la malchance de les entendre tombaient dans une sorte d'engourdissement dont ils étaient incapables de sortir. D'ailleurs, Celtina, Finn et Fiacha sentaient déjà leurs forces les abandonner peu à peu.

– J'ai sommeil… envie de dormir… ne plus penser à rien, bredouilla la jeune prêtresse tandis que ses yeux alourdis de fatigue se fermaient peu à peu.

– Non. Reste avec moi! Pose ta main sur la lance de Lug, elle va nous protéger, protesta Finn en obligeant Celtina à serrer les doigts sur la hampe magique, juste sous les siens.

Au même instant, un grand boum les fit sursauter. Fiacha venait de s'écrouler sur le sol, victime du sort de la bête Midna.

– On s'occupera de lui plus tard. Serre bien les doigts, la pressa Finn en mettant lui-même en pratique ce conseil fort judicieux.

En effet, la lance de Lug émit tout à coup un son, puis un autre, et enfin toute une série de sons qui montèrent dans l'air comme un chant mélodique puissant. Plus les cordes de la harpe de Midna retentissaient, plus les pointes de la lance vibraient et chantaient à leur tour. Brusquement, Celtina et Finn, toujours accrochés à la lance, furent soulevés de terre par une force inconnue.

– L'arme magique nous propulse vers le monstre…, murmura Celtina, le souffle court.

– N'aie pas peur ! Tant que nous la tenons fermement, il ne pourra rien nous arriver de grave, la rassura le guerrier.

– Le brouillard est tellement épais, je te perds de vue…, s'inquiéta la prêtresse en resserrant sa prise près des doigts de son compagnon.

– Accroche-toi ! Faisons confiance à la lance de Lug.

La voix de Finn lui parvenait amortie, comme s'il avait parlé à travers un carré de tissu placé devant sa bouche.

Tout à coup, un pan de brouillard se dissipa. De frayeur, Celtina faillit ouvrir la main et lâcher la hampe. La bête était là, flottant elle aussi au-dessus du sol, venant à leur rencontre à une vitesse folle, grattant sa harpe de ses grands ongles crochus. Des flammes jaunes et rouges surgissaient de ses naseaux frémissants de rage. De la bave coulait de sa bouche entrouverte, exhibant des dizaines de dents pointues. Elle penchait sa tête couronnée de longs cheveux bleutés vers eux, dans le but évident de les enflammer.

La terreur manqua de faire tomber Finn et Celtina. Seule leur foi dans la protection de Lug les maintint en l'air, prêts à affronter l'abomination qui les défiait.

– Je ne te crains pas, Midna! cria Finn. Viens m'affronter si tu l'oses!

Celtina soupira. Elle n'était pas sûre que provoquer la bête était la meilleure chose à faire, mais elle n'était pas en position d'imposer sa volonté à Finn.

Excitée par ces mots, la bête expulsa par ses naseaux de longues flammes qui vinrent brûler le sommet d'une tour de guet. Jetant un regard derrière elle, Celtina vit que Fiacha n'était pas en danger. La bête ne s'était pas attaquée à l'endroit où le druide était tombé endormi.

Puis, Midna dirigea sa haine vers eux et propulsa un second jet de flammes. Il fut détourné par la pointe magique de la lance de Lug. Toutefois, un éclat de feu intense ricocha sur la joue de Finn et y laissa une cuisante brûlure. Aussitôt, le jeune guerrier dressa son bouclier devant eux, mais cette dérisoire protection de bois ne pourrait tenir bien longtemps devant les redoutables traits de feu de la bête infernale.

Toujours suspendus dans les airs, Finn et Celtina retraitèrent par un léger battement de pieds. Croyant qu'ils fuyaient, la bête abandonna toute prudence et se jeta vers l'avant. Finn en profita alors pour lancer le terrible cri de guerre paralysant que lui avait enseigné Liath Luachra, sa mère guerrière-magicienne. Puis, les projetant, Celtina et lui, à l'horizontale, Finn planta la pointe de la lance magique dans une masse sombre cachée par la brume et qui, il le supposait, devait être la tête de Midna. Le hurlement du monstre leur vrilla les tempes. Ils s'écartèrent vivement pour échapper à son cri strident, mais aussi à son haleine fétide qui menaçait de les asphyxier. Voyant la faille, Midna en profita pour s'éloigner sous le couvert de la brume, tandis que son cri s'atténuait dans l'air chargé de soufre.

– Il ne faut pas qu'on la laisse s'échapper! Vite, saute sur la plateforme de la tour de guet et attends-moi, je vais la poursuivre. Si je suis seul, la lance sera plus facile à manier.

Celtina obéit à Finn et se laissa tomber tout près de Fiacha, qui ronflait maintenant. Elle ne tenait pas spécialement à affronter elle-même Midna.

De toute façon, je ne serai d'aucune utilité à Finn sans mes pouvoirs druidiques. Au contraire. Je représenterai un fardeau, car il craindra pour ma vie. S'il l'affronte seul, il sera beaucoup plus libre de ses mouvements, songea-t-elle en tentant de percer le mur de brume qui avait englouti la bête et son ami pour avoir un aperçu de la suite du combat.

Mais volant entre collines et vallées, Finn, toujours à la poursuite de Midna, filait loin, très loin vers le nord. Le jeune homme, intrigué, se demanda si la bête n'était pas en train d'essayer de regagner son antre dans l'île du Brouillard. Il ne devait pas lui donner l'occasion d'aller se cacher chez ses maîtres, les Fomoré, car là-bas il n'aurait plus aucune chance de l'anéantir. Si le monstre parvenait à sa terre pour soigner ses plaies, il reviendrait à coup sûr, plus fort et plus hargneux qu'avant, et détruirait complètement Tara.

Finn et Midna survolèrent une rivière tumultueuse, puis franchirent d'autres collines jusqu'au pied d'une montagne où le jeune guerrier s'aperçut que la bête, blessée, s'était arrêtée pour prendre un peu de repos. Il reconnut aussitôt l'endroit. Enfant, il venait souvent y chasser le sanglier et le loup. Il esquissa un sourire de satisfaction. Il connaissait la moindre pierre, le plus petit sentier de cette montagne comme le fond de sa poche. Il prit pied sur une pente rude, difficile à escalader. Midna se trouvait à un jet de pierre devant lui. Elle ne semblait pas s'être aperçue qu'il l'avait rejointe. Il ajusta Luinn, la lance de Lug, dans sa main, et visa. Il allait projeter son arme contre le monstre lorsqu'il sentit la montagne vibrer sous ses pieds. Elle s'ouvrait sous lui. Il n'eut pas le temps de pousser un cri que, déjà, il atterrissait tout en douceur au creux d'une vallée recouverte d'herbe tendre. Abasourdi, il tenta de repérer Midna. Il la vit qui se traînait vers la porte grande ouverte d'une forteresse entourée d'un étrange halo vert scintillant.

Je dois la rattraper avant qu'elle entre là-dedans, se dit le guerrier. *Si elle se réfugie dans cette forteresse, je ne pourrai pas la suivre.*

Finn avait compris que s'il entrait dans le repaire du monstre, il disparaîtrait à jamais du monde des vivants. Alors, agrippé fermement à la lance magique de Lug, il se propulsa en un bond prodigieux à courte distance de Midna puis, avant même de toucher terre, il lança son arme de toutes ses forces. Luinn se ficha dans le dos de la bête, laquelle s'effondra à deux pas de la porte de la forteresse. Aussitôt, un grondement retentit, puis la terre trembla, le ciel s'obscurcit et les fortifications de bois s'évaporèrent dans l'air.

Finn s'approcha de la bête pour récupérer sa lance, mais il ne la vit nulle part. Paniqué à l'idée d'avoir perdu le talisman des Thuatha Dé Danann, il chercha fébrilement tout autour de lui. Il tremblait de tous ses membres, se demandant comment il pourrait regagner Tara sans la lance magique. Au moment où son regard tombait sur Midna, il vit l'un de ses yeux globuleux s'ouvrir. Il étincelait de méchanceté. Finn fit un bond vers l'arrière lorsqu'il constata que la bête n'avait aucune blessure. Il savait pourtant qu'il l'avait transpercée à deux reprises.

– Ha! ha! ha! ricana Midna. Tu penses que tu as gagné. Peut-être… ou peut-être pas. Tu dois choisir: ma tête ou Luinn… Si tu prends ma tête, je ne reviendrai jamais tourmenter les gens de Tara, mais toi, tu n'auras plus la lance magique. Réfléchis bien, fils de Cumhal.

Finn n'hésita pas longtemps. Au moment où son poignard entamait la peau de son ennemi, il remarqua que le paysage changeait une fois de plus, mais il ne se laissa pas distraire. Son corps et celui de Midna furent finalement expulsés de la vallée. Ils se retrouvèrent sur la pente pierreuse de la montagne que le jeune homme connaissait si bien. Aussitôt, comme Esras l'avait prédit, la lance de Lug disparut et retourna toute seule dans le monde parallèle, en attendant que Celtina puisse de nouveau la garder auprès d'elle. Puis, Finn attacha la tête de la bête à sa ceinture et reprit le chemin de Tara.

Chapitre 9

Depuis ce qui lui semblait des heures, Celtina, rongée d'anxiété, guettait le retour de Finn en faisant les cent pas devant les portes de la forteresse de Tara. De leur côté, délivrés de leur torpeur peu après la fuite du monstre Midna, guerriers, nobles et druides avaient rapidement envoyé des guetteurs dans tout le comté d'An Mhí pour obtenir des nouvelles de la bête et de son poursuivant. Mais tous étaient revenus bredouilles, au grand désespoir de la jeune prêtresse qui tremblait pour la vie de Finn.

– Le voilà! hurlèrent soudain quelques guetteurs postés sur les tours de guet. Finn est de retour!

Le cœur de Celtina bondit dans sa poitrine et ses pieds sautèrent sur les degrés de l'échelle qui la mena à toute vitesse au sommet de la palissade. Aussitôt, les portes de la forteresse s'ouvrirent et une grande clameur s'éleva parmi les chefs de tribus et les nobles réunis à Tara. Majestueux, Dal Cuinn s'avança à la rencontre du héros du jour. Celtina remarqua aussitôt la tête sanglante de la bête qui pendait à la ceinture du jeune guerrier. Ce dernier la détacha et la lança aux pieds du protecteur de la cité sacrée.

– Voici la bête qui a terrorisé la Terre du Milieu pendant trop longtemps. Désormais, elle ne nuira plus à personne.

– Ah! quel bonheur! le félicita le roi en le prenant par les épaules et en le pressant contre son cœur. Qu'on place cette tête sur un pilier au centre de la salle des banquets afin que tous puissent la voir!

Quelques serviteurs se hâtèrent d'obéir, et la tête de Midna se retrouva juchée sur un pilier de pierre devant lequel les habitants se massèrent pour regarder de près ce monstre conçu par l'esprit malin des Fomoré pour les terroriser et les anéantir.

– Maintenant, il est temps de penser à ta récompense, jeune homme! fit le roi avec un large sourire. Que demandes-tu?

Finn baissa la tête. Il n'était pas dans son intention de quémander quoi que ce fût. Dal Cuinn lui avait fait une promesse et il espérait simplement qu'elle serait tenue. Il n'était pas question qu'il s'abaissât à rappeler sa parole au roi. De plus, une telle initiative serait mal vue; on n'imposait rien aux rois et aux chefs de tribus.

– Tu as promis que Finn pourrait un jour reprendre le titre de chef de l'Ordre des chevaliers des Quatre Royaumes, intervint

Celtina qui, pour sa part, n'avait pas du tout envie que Finn reçût une autre récompense que celle qui lui avait été promise. Je crois que ce jour est venu.

Un brouhaha agita les rangs des nobles et des guerriers. La récompense était certes méritée, mais, aux dernières nouvelles, Goll le Borgne était toujours le chef des Fianna. Et on ne s'attendait pas à ce qu'il quittât le pouvoir sans combattre.

Dal Cuinn se tourna vers l'endroit où les Fianna s'étaient rassemblés, à une extrémité de la salle des banquets, non loin du mont des Otages. Il leur fit signe d'approcher. Lorsqu'ils furent tous devant lui, il déposa sa main sur l'épaule de Finn et leur dit :

– Voici votre chef. Finn, fils de Cumhal, est votre roi, par sa naissance et par ses actes. Il a prouvé qu'il était en droit de vous diriger. Sachez vous montrer dignes en le recevant parmi vous !

Des grognements s'élevèrent de quelques gorges. Plusieurs Fianna du clan de Morna, de la fureur plein les yeux, reculèrent en grommelant. Ils ne pouvaient pas se battre dans l'enceinte sacrée de Tara, mais leur comportement laissait entendre que Finn ne perdait rien pour attendre. Ils sauraient se venger.

– Il est temps que le clan de Morna et le clan des Baiscné fassent la paix, poursuivit Dal Cuinn de sa voix grave en fixant avec fermeté ces quelques rebelles. Si certains d'entre vous ne peuvent se résoudre à reconnaître l'autorité de Finn, eh bien, qu'ils quittent Ériu sur-le-champ ! D'autres rois étrangers seront heureux de les accueillir.

Il y eut un mouvement dans les rangs des Fianna ; une centaine d'entre eux se séparèrent du groupe. Toutefois, à leur plus grande surprise, ils virent Goll, leur chef, s'avancer vers Finn et poser un genou à terre devant lui. Finn le releva aussitôt en soutenant l'avant-bras gauche de son ennemi d'hier. Des grognements réprobateurs se firent de nouveaux entendre parmi les guerriers du clan de Morna.

– Tu as prouvé que tu es un bon combattant, fils de Cumhal ! déclara Goll. Tu es digne d'être notre chef. En gage de réconciliation avec le clan des Baiscné, le clan de Morna s'engage à te fournir la compensation que tu demanderas pour la mort de ton père.

D'autres grognements et raclements de gorge agitèrent les guerriers.

– Je n'exige rien, Goll... si ce n'est ton obéissance et ta fidélité !

– Je le jure ! fit Goll.

Alors, un à un, certains en murmurant des mots sévères à l'égard de leur chef, tous les membres du clan de Morna prêtèrent le même serment, même si quelques-uns le firent à contrecœur. Après avoir reçu ces hommages, Finn se tourna vers Dal Cuinn.

– Mon âme ne sera pas en paix tant que le véritable responsable de la mort de mon père et du déshonneur de ma mère ne sera pas puni, lui dit-il. Ton druide Tagd, mon grand-père maternel, est à l'origine de mon malheur. Il me doit une compensation.

– C'est juste ! acquiesça Dal Cuinn. Qu'on aille prévenir Tagd.

Le druide, qui avait assisté à toute la scène, sortit des rangs des membres du clergé celte et s'avança vers son petit-fils.

– Je demande le jugement de mes pairs ! fit Tagd en défiant Finn du regard.

Puis, il pivota sur ses talons sans rien ajouter et reprit sa place parmi l'assemblée des druides.

– Tu l'auras ! trancha Dal Cuinn.

Fiacha s'avança à son tour et, sur un signe, tous les druides, bardes et vates vinrent se placer en cercle autour de lui, abandonnant Tagd entre les menhirs de Míodhchuarta. Ils discutèrent à voix basse pendant quelques minutes. Puis, Fiacha rompit le cercle et vint se placer devant Dal Cuinn.

– Voici le jugement des druides de Tara ! En tant que responsable de la mort de Cumhal et de nombreux guerriers du clan des Baiscné, en raison du déshonneur de Muirné, Tagd devra donner à son petit-fils Finn, en guise de compensation, la forteresse d'Almu qui fut bâtie par Nuada à la Main d'argent.

Tagd esquissa une grimace. Se voir déposséder de la forteresse d'alun était un rude coup. Il se rappela alors le songe qu'il avait fait, longtemps auparavant. Dans ce rêve, il avait vu qu'il perdrait la forteresse aux mains d'un homme du clan des Baiscné. Il avait toujours cru que cet homme était Cumhal, et c'était la raison pour laquelle il lui avait refusé sa fille Muirné. Jamais il n'aurait pu deviner que celui qui lui prendrait sa demeure serait son propre petit-fils, Finn, fils de Cumhal du clan des Baiscné.

Un cri de Finn le tira de ses pensées.

– Rassemblement! ordonna le chef de l'Ordre des chevaliers des Quatre Royaumes.

Alors, répondant à l'appel de leur nouveau roi, tous les Fianna se précipitèrent dans la plaine avec leurs montures, prêts à le suivre dans de nouvelles aventures.

– La pureté de nos cœurs, la force de nos bras et l'action selon notre parole, telle sera dorénavant la devise des Fianna, lança Finn en s'éloignant, tandis que le soleil se couchait à l'horizon.

Fierdad était plongé dans un sommeil agité. Le froid et l'humidité troublaient sa quiétude. Il se retourna plusieurs fois, son dos glissant sur le mégalithe qui le soutenait. Il suffit de ce simple frottement, même s'il était très doux, pour arracher de nouveau Celtina au moment qu'elle vivait.

Lorsqu'elle entrouvrit ses paupières, elle se découvrit appuyée contre un arbre dans l'enceinte d'une forteresse inconnue.

– Viens-tu pour la fête de ce soir donnée par Finn et Goll pour célébrer leur réconciliation? l'apostropha une fillette d'environ trois ans sa cadette, qui la dévisageait avec de grands yeux sombres.

– Euh... oui! bafouilla Celtina. Je crois que je suis au bon endroit. Je suis bien à...

Elle hésita et la gamine, emportée par sa fougue, finit sa phrase pour elle.

– Oui, oui, tu es arrivée! Tu es bien dans la forteresse d'Allen. Ce soir, Goll remet officiellement la forteresse des Fianna entre les mains de Finn. Nous aurons droit à une fête comme jamais les Fianna n'en ont connu. Et, en plus, une trentaine de jeunes guerriers seront initiés aux rites de l'Ordre et tenteront d'en intégrer les rangs. Mais j'y pense, peut-être viens-tu pour passer les épreuves d'entrée?

– Euh, non... je viens juste pour la fête!

– Ah! dommage! continua l'enfant. Il n'y a pas beaucoup de filles chez les Fianna, et Finn aurait été heureux d'avoir une recrue féminine de plus. Il y a une wythnos*, Deirdriu, l'espionne au service de Finn, a ramené plusieurs jeunes hommes avec elle, mais pas de filles cette fois…

Deirdriu… ce nom me semble familier, songea Celtina, tentant de se souvenir des circonstances dans lesquelles elle l'avait entendu. Mais elle ne retrouva pas trace de ce prénom dans sa mémoire.

– Tu as envie de devenir Fianna? demanda-t-elle à l'enfant, qu'elle trouvait plutôt chétive pour son âge, et sans doute pas assez douée pour être guerrière.

– Non. Je n'en ai pas les capacités physiques, reconnut la petite fille. Mes parents auraient voulu que je sois prêtresse, mais ça ne m'intéresse pas. Je préfère rester au village pour m'occuper de mes enfants et de mon futur mari.

– C'est très bien! la félicita Celtina. Tous les Celtes, qu'ils soient garçon ou fille, ne peuvent pas devenir guerriers ou prêtres, sinon comment notre peuple pourra-t-il se développer? Il faut des femmes pour porter les enfants et les élever, et des hommes pour s'occuper des champs et des animaux domestiques. C'est une noble tâche que de veiller à perpétuer notre race et à la nourrir…

– Je sais! se rengorgea la fillette. Et c'est ce que j'ai choisi de faire… Je veux me rendre utile à mon peuple.

– Assurément, tu le seras! Plus les Celtes auront de descendants et plus notre culture aura des chances de survivre aux années qui passeront. Et maintenant, conduis-moi là où les futurs Fianna doivent passer leurs épreuves, lui demanda Celtina en posant sa main sur l'épaule droite de l'enfant.

– C'est déjà commencé! fit la petite. Écoute, on entend d'ici les clameurs de la foule qui encourage les participants. Si tu viens pour soutenir un ami, peut-être arrives-tu trop tard…

– Non, non! Je ne connais personne parmi les recrues. Je ne suis venue que par curiosité, répondit-elle.

– Alors, suis-moi!

La gamine la conduisit, par un dédale de chemins de terre et de pierres, entre les maisons qui formaient le bourg. Celtina entendait de plus en plus distinctement les cris et les encouragements des Fianna à l'intention des recrues. La jeune prêtresse et son guide arrivèrent finalement dans un terrain dégagé où, déjà, plusieurs centaines de guerriers et d'habitants s'étaient rassemblés. À coups de coude bien placés, se faufilant telle une anguille dans le moindre interstice, Celtina parvint à se glisser au premier rang des spectateurs.

Son regard papillonna quelques secondes au-dessus de l'aire des épreuves, s'attardant un instant sur les jeunes hommes qui passaient l'initiation des Fianna ce jour-là.

Ils étaient debout au fond d'un trou dont ils n'émergeaient qu'à mi-corps. Torse nu, ils étaient armés d'une baguette de noisetier et d'un bouclier portant le dessin du totem de leur clan.

Soudain, le regard de Celtina se figea sur l'un d'eux, légèrement sur sa gauche, à une vingtaine de coudées. Son visage sombre et ses longs cheveux châtains ne lui étaient pas inconnus. Elle remarqua le dessin d'un hérisson sur son bouclier de bois. *Comment est-ce possible?* se demanda-t-elle, éberluée. *Mais oui, que je suis sotte! Deirdriu est le nom de l'espionne qui a emmené Fierdad, du Clan du Hérisson, peu après notre rencontre avec Scatach la guerrière*. Ainsi donc, j'ai été propulsée peu de temps après l'arrivée de Fierdad chez les Fianna.*

Elle appela son ami:
– Fierdad!

Le jeune homme tourna la tête dans sa direction. Il eut un air étonné, puis lui sourit et lui décocha un clin d'œil rapide. Ensuite, il reporta son attention sur un groupe de neuf guerriers situés à faible distance. Ceux-ci visaient les candidats de leurs javelots. Se consultant d'un regard, ils lancèrent leurs gabalaccos tous en même temps. Le but, pour les novices, était d'éviter ces traits. Qu'un seul d'entre eux les touche, et jamais ils ne pourraient devenir Fianna. Ils devaient donc faire preuve de vitesse et d'agilité, soit en bloquant les javelots avec leur bouclier, soit en détournant les jets avec leur baguette de bois, soit en bougeant de manière à s'écarter de la trajectoire de l'arme. Parmi la vingtaine de recrues, la plupart réussirent l'exploit, mais deux d'entre elles, touchées au bras, durent sortir du trou. Et sous les lazzis* des guerriers et de la population d'Allen, les perdants s'éloignèrent de la forteresse, tête basse, le plus rapidement possible. Leur honte était grande et ils ne pouvaient espérer aucune clémence. Ils ne pourraient jamais porter les armes pour défendre leur patrie et n'avaient plus qu'à rentrer chez eux.

Fierdad émergea de son trou, fier comme un paon, et s'élança vers Celtina. Il lui fit l'accolade.

– Ah! je suis heureux de te voir! Tu as l'air fatigué! On dirait même que tu as un peu vieilli, c'est étonnant!

Mais le garçon ne lui laissa pas le temps de placer une seule parole. Il enchaîna aussitôt:

– Je ne sais pas comment tu as pu suivre ma piste jusqu'ici, car Deirdriu s'y connaît pour dissimuler les traces, mais je suis vraiment content que tu m'aies retrouvé. Tu verras, je vais réussir toutes les épreuves et je deviendrai un vaillant Fianna.

Celtina sourit. L'enthousiasme de son ami faisait plaisir à voir. Elle ne lui expliqua pas qu'elle n'était qu'un témoin venu du futur. C'était la raison pour laquelle il trouvait qu'elle avait vieilli, car en réalité elle avait presque deux ans de plus, alors que lui n'avait pas pris une seule année. Elle ne lui dit pas non plus que son arrivée à Allen ne devait rien à sa propre volonté ou à sa débrouillardise.

– Allez, toi! Viens par ici, nous devons te préparer pour la prochaine épreuve! lança un guerrier d'une taille impressionnante en poussant Fierdad d'une rude bourrade dans le dos.

– Cailté aux Longues Jambes n'entend pas à rire! lança Fierdad en désignant le guerrier auquel il emboîta le pas tant bien que mal, car l'autre se déplaçait rapidement.

Les rescapés de la fosse furent regroupés et quelques Fianna s'affairèrent à leur tresser les cheveux, créant plusieurs nattes sur tout le pourtour de leur crâne.

– Maintenant, déshabillez-vous complètement, commanda Cailté.

Les jeunes hommes ôtèrent bottes et braies.

– La prochaine épreuve consiste à courir nu dans la forêt, les informa Cailté. Vous serez poursuivis par trois pisteurs du Clan de Navin. Vous ne devez pas faire craquer la moindre brindille sous vos pieds, vous ne devez pas être rattrapés et vos tresses ne doivent pas être dérangées d'un seul cheveu. Quiconque faillira à remplir ces trois conditions sera exclu de la compétition. Vous avez une uair* pour revenir ici sain et sauf. Vous partirez un par un, à intervalle régulier. Allez, vas-y!

D'une tape dans le dos, Cailté poussa un jeune homme qui détala à toute vitesse, s'enfonçant dans la forêt toute proche. Quelques secondes plus tard, trois pisteurs le prirent en chasse. Fierdad fut le cinquième à s'élancer avec trois guerriers à ses trousses. Celtina assista à tous les départs, invoquant les dieux des Tribus de Dana pour que chacun d'eux réussît l'épreuve.

Vingt minutes après le départ du quatrième candidat, elle le vit revenir, piteux, encadré par trois pisteurs moqueurs. Ses tresses s'étaient sans doute prises dans des branches, car il était plutôt ébouriffé. Le jeune homme pleurait, il avait échoué.

Fierdad, de son côté, évitait prudemment les bosquets trop touffus, même s'il y aurait été à l'abri des regards de ses poursuivants. De temps à autre, il portait sa main à son crâne pour vérifier l'état de ses tresses. Elles semblaient tenir le coup. Il avait décidé de marcher d'un pas soutenu plutôt que de courir, afin de mieux distinguer l'endroit où il posait ses pieds. Il contournait les branches sèches et les feuilles mortes pour éviter de provoquer des craquements qui attireraient l'attention des hommes du Clan de Navin.

Soudain, il s'immobilisa. Il avait cru entendre un bruit derrière lui. Il se tapit derrière le tronc d'un arbre abattu par la foudre, se recroquevillant le plus possible pour passer inaperçu, retenant son souffle pour ne pas être trahi par le son de sa respiration. Puis, portant à ses yeux la bague à la pierre grenat, symbole de la force, du courage et de la persévérance, remise par Maève, il força son esprit à se concentrer sur un seul but : s'envelopper d'un manteau d'invisibilité comme le lui avait appris la grande prêtresse de Mona.

Il était temps. Moins de cinq secondes plus tard, il vit apparaître entre les branches un guerrier avec qui il avait déjà échangé quelques mots depuis son arrivée dans la forteresse d'Allen. C'était Liagan le Léger, l'un des meilleurs pisteurs des Navin. Les trois poursuivants s'arrêtèrent à moins de deux coudées de lui ; il pouvait presque sentir leur haleine sur son visage.

– J'aurais juré qu'il était par ici, grommela Liagan en scrutant la forêt de ses yeux perçants et en humant l'air pour y détecter l'odeur de la peur que dégageait un homme pourchassé et qu'il avait la réputation de percevoir mieux que personne.

– C'est bien la première fois qu'une recrue t'échappe, lui lança son compagnon. Allons voir plus loin…

– Ce garçon est habile, enchaîna le troisième homme. Je suggère que nous abandonnions la traque. Il lui reste dix minutes pour retourner à la forteresse, laissons-les-lui, il les a bien méritées.

– Je ne suis jamais revenu bredouille, s'insurgea Liagan. Je le trouverai !

– Pourquoi t'entêter ? Ce garçon nous prouve qu'il est un bon guerrier, nous avons besoin de combattants dans son genre. Abandonne, Liagan ! Personne ne te le reprochera. Tu es le meilleur pisteur. Si tu n'avais pas été désigné pour le traquer, il serait déjà revenu vainqueur à la forteresse, car aucun parmi nous n'aurait pu le dénicher. Laisse-le !

Liagan hésita, puis soupira de dépit. Pour la première fois depuis qu'il était pisteur, une recrue avait échappé à sa chasse à l'homme.

– Il y a de la magie là-dessous ! grommela-t-il en rebroussant chemin.

Une ou deux fois, il regarda derrière lui, mais Fierdad avait sagement décidé de rester caché jusqu'à ce qu'il fût certain que les pisteurs étaient partis.

Il reprit enfin le chemin de la forteresse, sans baisser sa garde toutefois, et en continuant à surveiller l'état de ses tresses.

L'uair qui lui avait été allouée tirait presque à sa fin lorsqu'il revint dans l'aire d'épreuves au sein de la forteresse d'Allen. Cette fois, sur la vingtaine de candidats qui avaient été soumis à cette épreuve, près de la moitié avaient été rattrapés par les pisteurs ou avaient été exclus en raison du désordre de leur chevelure.

Celtina le vit revenir avec soulagement et, encore une fois, Fierdad lui fit un clin d'œil avant de renfiler ses braies et sa tunique. Puis, il vint la rejoindre.

– J'ai réussi l'épreuve du saut en début d'initiation…

Comme elle ne semblait ne pas comprendre de quoi il s'agissait, il expliqua :

– Je devais sauter au-dessus d'une branche placée à la hauteur de mon front, puis ensuite passer rapidement sous une autre, descendue à la hauteur de mes genoux. C'était assez facile, toutes les recrues ont réussi sans problème. La seconde épreuve non plus n'a pas été très compliquée pour moi…

– De quoi s'agissait-il ? l'interrogea Celtina.

– Nous devions arracher une épine plantée dans notre talon sans ralentir notre course. Ce fut douloureux pour plusieurs candidats, mais ma formation de druide m'a permis d'insensibiliser mon pied par une incantation et j'ai réussi cette épreuve haut la main.

– Donc, tu es admis chez les Fianna, maintenant ? lança Celtina, fière de son ami.

– Pas encore, la détrompa Fierdad. Il reste la dernière épreuve. C'est un concours de poésie.

Celtina éclata franchement de rire.

– Alors, là, je n'ai aucune inquiétude pour toi. Je suis sûre que tu vas les enterrer tous ! Tu as toujours été parmi les meilleurs élèves des classes d'éloquence de Mona.

– Peut-être ! Mais je dois me montrer prudent. Je connais bien les douze poèmes que l'on nous demande de déclamer, mais je ne suis pas à l'abri d'un trou de mémoire…

– Je vais t'accompagner devant les bardes juges, décréta Celtina. Si tu sens que ta mémoire s'égare, ne panique pas. Tu n'auras qu'à me regarder au fond des yeux pour retrouver ton calme.

Celtina ne voulait pas avouer à Fierdad que ses pouvoirs druidiques s'en étaient presque tous allés. Elle craignait que cet aveu ne provoquât une certaine frayeur chez son ami et qu'il en perdît tous ses moyens. Si elle était sereine, il le serait aussi et gagnerait aisément le concours de poésie.

Le concours mettait en lice la dizaine de candidats rescapés des épreuves précédentes. Ils se montrèrent tous d'habiles parleurs, récitant leurs vers avec beaucoup de conviction, avec les intonations qu'il fallait, arrachant même quelques larmes au public lorsque les poèmes étaient tristes, ou de grands éclats de rire lorsque leurs propos étaient plus légers. Malgré ses craintes, Fierdad se montra tout à fait à la hauteur de la réputation que Celtina lui connaissait. Il était assurément le meilleur. Ses douze poèmes furent si bien récités qu'il reçut même les louanges des trois bardes juges.

Tous les candidats réussirent cette épreuve à l'issue de laquelle ils furent officiellement admis parmi les Fianna. Finn en personne leur remit leurs nouvelles armes et leur bouclier de bois sur lequel était gravé le demi-soleil flamboyant qu'il avait choisi pour emblème de son groupe de chasseurs-guerriers.

Celtina s'apprêtait à rejoindre Fierdad pour le féliciter lorsque, sans avertissement, elle fut arrachée à cette époque et à la forteresse d'Allen.

Chapitre 10

Dans son monde parallèle, Fierdad était en plein cauchemar. Il revivait les épreuves d'entrée dans les Fianna, mais, dans son rêve, il échouait à éviter les javelots que les neuf guerriers lançaient contre lui. Ses blessures étaient terribles. Il s'agita, puis saisit le méga-lithe à bras-le-corps, luttant contre un ennemi imaginaire. C'est ce contact violent qui avait, une fois encore, fait voyager Celtina dans les méandres du temps.

La nuit était sombre sur le Laighean, les nuages cachaient la lune et la jeune prêtresse avançait péniblement dans la plaine, simplement guidée par les feux qu'elle voyait rougeoyer au sommet de la colline où se dressait la forteresse d'Allen. Elle ne savait pas à quel moment du passé elle allait se retrouver. Mais en toute logique, si elle se fiait à ce qu'elle avait vécu jusqu'à cet instant, elle avait dû faire un bond en avant dans la vie de Finn et des Fianna.

C'était à cela qu'elle réfléchissait lorsque des aboiements la firent sursauter. Elle appro-chait du portail de la forteresse d'Allen, qu'elle découvrit ouvert. Elle s'arrêta, s'interrogeant sur ce qu'il convenait de faire, lorsqu'elle vit débouler sur elle Bran au pelage immaculé et Scolan au poil blanc tacheté d'or. Elle se figea. Les deux lévriers à poils durs la cernèrent, la reniflèrent une seconde, puis, sans plus se préoccuper d'elle, ils foncèrent en direction des bois. Celtina se prit à respirer plus librement. Au moment où elle allait franchir les portes de la forteresse, elle arriva face à face avec Finn ; le guerrier semblait dans un état second. Ses yeux étaient grands ouverts mais fixes. Il ne semblait pas la voir.

C'est comme s'il était hypnotisé, songea Celtina en tentant d'attirer son attention par de grands gestes. *Oh non ! Il est plutôt somnambule. Je ne dois pas le réveiller, car il pourrait se montrer agressif. Je vais le suivre et je le ramènerai à la forteresse s'il reprend ses esprits dans les bois. La région est remplie de marécages, il ne faudrait pas qu'il s'y enlise.*

Celtina se posta derrière le chef de l'Ordre des chevaliers des Quatre Royaumes et l'accompagna dans sa promenade nocturne. Parfois, il parlait à voix haute, prononçant des mots saccadés et apparemment dépourvus de sens.

– Bran et Scolan, à la maison… Perdu… la biche… blanche… la forteresse…

Finn n'avait pas une voix apeurée mais s'exprimait plutôt sur un ton intrigué. Celtina regarda attentivement autour d'elle, épiant le moindre bruit dans la forêt. Ce fut alors qu'elle se rendit compte que tout était calme et silencieux. Trop silencieux. Il n'y avait aucun cri d'oiseau de nuit, pas de frémissement de feuille ni de craquement de branche. Elle frissonna, car ce genre de situation ne lui disait rien de bon. Elle se rappelait avec effroi les doigts noueux des Anaon* sur son corps; l'expérience avait été suffisamment horrible pour qu'elle ne voulût pas la renouveler de sitôt. Pourtant, même en redoublant d'attention, elle ne distingua rien qui pût s'apparenter à ces êtres transparents à la solde de Macha la noire. Elle relâcha sa tension.

Les deux chiens Bran et Scolan tournaient maintenant autour des jambes de leur maître, reniflant le sol comme s'ils cherchaient à repérer leur chemin pour le ramener en lieu sûr. Mais Finn ne se réveillait toujours pas, et Celtina dut se résoudre à l'escorter jusqu'à l'aube.

Finalement, comme Grannus se levait timidement sur les marais, le chef des Fianna reprit la direction de la forteresse d'Allen. Une fois encore, Celtina fut très étonnée de ne croiser ni bête ni oiseau. Les deux chiens de Finn batifolaient devant eux mais ne levaient aucun gibier dans les fourrés.

Brusquement, Bran et Scolan s'arrêtèrent, le corps tendu, la truffe frémissante, la queue raide, à l'horizontale. Puis, ils plongèrent dans un taillis d'où jaillit aussitôt une superbe biche blanche, la plus belle que mémoire de chasseur pût se souvenir d'avoir vue. Ce fut le moment que choisit Finn pour se réveiller. Apercevant la superbe bête, il ajusta son javelot dans sa main, prêt à le décocher pour abattre l'animal. Toutefois, la biche, vive comme l'air et rapide comme l'éclair, se déplaça en tous sens, si bien que le chasseur ne put la viser à son aise. Celtina et ses chiens le suivant toujours comme une ombre, le jeune homme poursuivit la biche un long moment, mais en vain. Ils coururent pendant des heures, sans que jamais Finn n'eût l'occasion de décocher son tir. Finalement, sans doute épuisée par sa fuite, la superbe biche s'arrêta dans une clairière et se coucha sur l'herbe tendre. Bran et Scolan n'eurent alors aucun mal à s'approcher d'elle. Mais, au lieu de l'attaquer, les deux lévriers la flairèrent, puis, poussant de petits cris de joie, ils la léchèrent avant de se coucher contre ses flancs en gémissant de plaisir.

– Par Hafgan ! s'écria Finn. Quel est donc ce prodige ? Je n'ai jamais vu un tel spectacle…

– Je crois que tes chiens sont plus alertes que nous… Ils ont reconnu un être de l'Autre Monde et ne veulent pas lui faire de mal, murmura Celtina, comme si le seul son de sa voix pouvait déranger ce tableau idyllique.

– Bran, Scolan, au pied! lança Finn d'un ton sans réplique.

Les deux chiens obéirent aussitôt.

– Rentrons à Allen.

Finn s'éloigna de la clairière, les deux chiens sur ses talons et Celtina à ses côtés. Pour la première fois de sa vie d'homme, Finn n'avait pas abattu un animal qu'il avait à portée de javelot. Il n'avait pas eu le cœur à tacher de sang la robe blanche de la magnifique biche. Il avait plutôt été ébloui par la grâce de l'animal et ne pouvait s'empêcher de songer qu'il n'avait jamais rien vu d'aussi beau.

Il ne m'a pas reconnue, songeait de son côté Celtina. *Mais il ne semble pas non plus surpris de me voir avec lui dans la forêt de si bon matin. Peut-être me prend-il pour une Fianna!*

Sans avoir échangé une seule parole, Finn et Celtina arrivèrent finalement en vue de la forteresse d'Allen. Brusquement, alors qu'ils s'apprêtaient à franchir le portail, ils virent bondir devant eux la biche fabuleuse qu'ils avaient pourchassée pendant des heures. Elle pénétra dans l'enceinte des Fianna, puis s'arrêta net devant la maison de Finn.

Le chef de l'Ordre des chevaliers des Quatre Royaumes l'y rejoignit quelques secondes plus tard, hors d'haleine d'avoir couru derrière le cervidé merveilleux. Au moment où il s'approchait d'elle, la biche se dressa sur ses pattes postérieures et, se débarrassant de sa peau de biche, elle se métamorphosa en une superbe jeune fille aux cheveux blonds et aux vêtements colorés et scintillants de pierres précieuses. Bran et Scolan, frétillant de joie, vinrent aussitôt se coucher à ses pieds.

– Qui… qui es-tu ? bafouilla Finn, intimidé par la beauté de cette créature qui ne pouvait être que féerique.

– Comme tu le vois, je suis la biche que tu as poursuivie toute la matinée. Mon nom est Sadv.

Ce nom fit sursauter Celtina. En esprit, elle entendit la voix de Katell, sa nourrice aveugle. « Sadv la biche n'attend que toi ! » avait-elle prophétisé. Qu'est-ce que cela pouvait bien vouloir dire ? Elle écouta les propos qu'échangèrent Sadv et Finn, tentant de deviner ce que Katell avait cherché à insinuer.

– Que veux-tu de moi, Sadv ? demanda Finn en déposant par terre ses armes, sur lesquelles il jeta sa peau de cerf.

– Ta protection ! déclara la jeune femme en caressant la tête de Bran qui la regardait avec de grands yeux remplis d'amour.

– Mon épée, mes lances magiques et ma force sont à ton service. Je me dresserai devant quiconque voudra s'en prendre à toi. Je suis Finn, fils de Cumhal, chef des Fianna. Tous mes compagnons et moi avons juré de défendre la terre de Celtie et ses habitants. Nous te serons dévoués jusqu'à la mort.

— J'espère que ton aide et celle des Fianna sera suffisante, soupira Sadv.

— Que veux-tu dire ? s'étonna Finn.

— Si je suis apparue sous la forme d'une proie offerte à tes instincts de chasseur, c'est que je me trouve sous l'emprise d'un sort terrible, expliqua Sadv en s'asseyant sur le banc de pierre devant la maison de Finn.

Bran et Scolan en profitèrent pour poser leur museau sur ses genoux, puis fermèrent les yeux et se mirent à ronfler. Celtina étouffa un rire.

— J'ai eu le grand tort de refuser l'amour du Druide Noir des Tribus de Dana, poursuivit la femme-biche, tandis que Finn jetait des regards indignés et courroucés en direction de la jeune prêtresse. Pour se venger, il m'a lancé une malédiction qui me prive de ma forme humaine. Depuis trois ans, je suis condamnée à vivre sous la forme d'une biche. Traquée par les chasseurs, je grelotte de froid pendant l'hiver, ne pouvant trouver de refuge suffisamment sûr pour m'y reposer longtemps. Et durant les grosses chaleurs de l'été, je suffoque constamment, car je dois continuellement me mettre en quête d'un point d'eau pour me désaltérer, ne pouvant m'y reposer sous peine d'être débusquée et tuée par un chasseur. Mon seul espoir de salut était de trouver refuge dans la forteresse d'Allen et d'obtenir la protection des Fianna... Cela fait des lunes et des lunes que je cours dans les collines, les vallées et les bois sans jamais m'arrêter dans l'espoir de t'apercevoir et de te suivre jusqu'ici. Je savais que tes chiens Bran et Scolan ne me feraient aucun mal, car eux-mêmes subissent la même injustice que moi.

Finn pencha la tête pour regarder ses deux chiens avec compassion. En effet, Bran et Scolan étaient ses deux cousins, enfants de Tyren, la sœur de sa mère Muirné. Alors qu'elle était enceinte, Tyren avait été frappée d'un mauvais sort par son mari, le magicien Ullan, qui l'avait changée en chienne lors d'une dispute. Peu de temps après, elle avait donné naissance à des jumeaux, Bran et Scolan. Elle avait pu reprendre sa forme humaine, mais pas ses deux fils, qui gardèrent pour toujours leur apparence de chiens. Finn avait décidé de les prendre avec lui, car les deux lévriers étaient reconnus pour leur intelligence et leur rapidité.

— Par Hafgan, te voilà sauve, Sadv! Les Fianna te protégeront à tout jamais. Je trouverai ce Druide Noir et je lui ferai payer son forfait, jura Finn avec colère.

À cet instant, le chant mélodieux d'un merle perça le silence. Levant les yeux, Finn, Sadv et Celtina aperçurent l'oiseau qui était venu se poser sur le toit de chaume* de la résidence de Finn.

– Tu ne pourras rien contre lui, répliqua Sadv. Son pouvoir est trop grand. Regarde, il est même venu jusqu'ici, sous la forme d'un merle, pour me surveiller et te défier. Tu risquerais la vie de tous tes Fianna en vain. Ses incantations et son art magique sont trop puissants. Moi-même, je ne peux échapper à sa malédiction qu'en restant ici, dans la forteresse d'Allen. Si j'en sortais, je reprendrais aussitôt mon apparence animale.

– Alors, considère cette forteresse comme la tienne! lui dit Finn.

Puis, le chef des Fianna ramassa quelques cailloux qu'il jeta adroitement en direction du merle. L'un d'eux atteignit le volatile qui s'envola en lançant des « chuck-chuck-chuck » hystériques. Le guerrier appela ensuite ses serviteurs et leur demanda de préparer sa maison pour y accueillir Sadv.

Celtina, de son côté, ne s'était pas laissé distraire par l'apparition du merle noir. Elle se concentrait sur les paroles énigmatiques qu'avait prononcées Katell et qu'elle rageait de ne pouvoir interpréter. Toutefois, elle espérait que, cette fois, elle pourrait rester assez longtemps en compagnie de Finn et de ses guerriers pour en apprendre plus et pour déchiffrer le mystère. En quoi Sadv pourrait-elle bien avoir besoin d'elle?

Les jours passèrent et, un matin, alors qu'il était à la chasse, Finn se rendit compte que, depuis quelque temps, il lui était impossible d'abattre les cervidés qu'il débusquait dans les bois. Chaque fois, dans sa ligne de mire, il croyait voir Sadv, la biche blanche.

– Je crois que tu es amoureux, lui lança Cailté aux Longues Jambes, un de ses plus fidèles compagnons, tandis qu'ils revenaient encore une fois bredouilles de leur expédition quotidienne.

Le jeune guerrier haussa les épaules puis, sans dire un mot, le dos courbé comme s'il portait tout le poids du monde, il pénétra dans sa résidence. Mais cette fois, Sadv ne l'y attendait pas. Il ressortit de la maison la peur au ventre, anxieux de l'avoir perdue.

La femme-biche n'était pas bien loin. Elle s'était simplement rendue auprès de Celtina et de quelques femmes fianna pour passer le temps en racontant des légendes.

Finn s'immobilisa à l'entrée de la maison, admirant sa bien-aimée qui racontait d'une voix remplie d'émotion une histoire que ses mères adoptives, Bodmall et Liath Luachra, lui avaient maintes et maintes fois contée dans sa jeunesse. Il comprit alors combien cette histoire avait été prophétique pour lui.

« Ce fut sur les conseils d'une pie que l'oiseau blanc entra dans la grotte pour y dérober le trésor inestimable du prince des Bansidhe, racontait Sadv. Il s'avança prudemment, jusqu'à ce qu'il découvrît un tas de poussière d'or. L'oiseau blanc plongea alors son bec dans la poudre pour s'en emparer, mais il fut surpris par la gardienne du trésor qui crachait flammes et fumée. L'oiseau réussit à s'envoler de la grotte pour échapper aux griffes de la bansidh mais, en sortant à la lumière du jour, il s'aperçut qu'il était devenu tout noir. Son bec, quant à lui, avait été recouvert de poudre d'or et il demeura d'un splendide jaune lumineux. Et c'est ainsi que, depuis, on l'appelle le merle noir. »

– Le merle noir! C'est sous cette apparence que le Druide Noir te surveille…, intervint Celtina.

– Oui, car l'un des surnoms du merle noir est Druid Dhubh, le Druide Noir… Le druide des Tribus de Dana qui me poursuit en a adopté l'apparence et le nom pour mieux se dissimuler parmi les nuées d'oiseaux de cette espèce qui peuplent nos contrées, et ainsi me surveiller. Heureusement, ici, il ne peut rien contre moi.

En la voyant ainsi installée parmi les jeunes filles à qui elle avait raconté l'histoire du merle noir, Finn sentit l'émotion s'emparer de tout son être. Il comprit aussi que Cailté disait vrai; il ne pouvait plus se passer de la présence de Sadv. Il se résolut donc à lui demander d'être son épouse, ce qu'elle accepta avec empressement.

Chapitre 11

Deux lunes avant son mariage, Finn partit chasser en compagnie d'une douzaine de ses plus proches compagnons. Devant couraient Cailté aux Longues Jambes, Luagan le Fort et Liagan le Léger ; à ses côtés se tenaient ses fils adoptifs Ronan et Inssa, son serviteur Salytan et le vieux druide Fiacha à la Tête Large, et fermant la marche se trouvaient de nombreux autres chasseurs-guerriers dont Cairell à la Peau Blanche et Cormac*, frère d'armes de Fierdad, qui avait réussi les épreuves d'entrée des Fianna en même temps que ce dernier. Ces hommes n'avaient qu'un but : ramener le plus de venaison* possible pour nourrir tous les Fianna qui assisteraient aux réjouissances. Et il en fallait énormément, car la fête allait durer plusieurs jours, comme c'était la coutume chez les Celtes.

Après avoir chassé et pêché tout ce qu'il était possible de trouver dans le Laighean, Finn et ses hommes se dirigèrent au nord d'Ulaidh. Là-bas, les forêts étaient giboyeuses, la mer était poissonneuse, et ils savaient qu'ils pourraient y chasser et y pêcher en quantité suffisante pour satisfaire les quatre mille hommes et femmes qui allaient assister au mariage.

Malheureusement pour eux, depuis plusieurs jours, un géant avait également choisi la mer qui séparait l'Ulaidh de la Calédonie pour y chercher sa pitance. Ce géant, du nom de Benandonner, était si énorme qu'il n'était jamais rassasié et, bien entendu, le poisson avait fini par se faire très rare sur les côtes d'Ulaidh.

– Si vous voulez du poisson, vous n'aurez d'autre choix que de vous rendre à Acmoda, soupira un pêcheur à qui Finn avait demandé si « ça mordait dans le coin », en montrant son filet vide. Ici, on ne trouve plus rien. Benandonner est en train de vider la mer...

– Où se situe Acmoda ? l'interrogea Cailté aux Longues Jambes.

– Vous devez d'abord traverser la Calédonie..., précisa le pêcheur. Acmoda est un archipel qui se trouve au nord-est. Malheureusement, c'est le territoire d'Yspaddaden le géant. Et nous, pauvres pêcheurs mortels, nous n'osons pas nous aventurer sur ses terres. Mais Benandonner non plus... Yspaddaden et lui sont ennemis. Il n'y a plus que là-bas que le poisson se trouve en abondance.

Finn laissa son regard errer sur la mer. Il se demandait comment passer de l'autre côté, car la barque du pêcheur était bien trop petite pour accommoder le détachement de douze personnes et leurs chevaux.

Pendant une journée entière, le chef de l'Ordre des chevaliers des Quatre Royaumes se promena de long en large sur la grève, cherchant une solution à son problème. Il n'était pas question pour lui de revenir bredouille à la forteresse d'Allen. Ce serait trop humiliant. Puis, finalement, en examinant soigneusement le sol qu'il foulait, une idée lui vint. En effet, la côte de cette partie d'Ulaidh était constituée de plusieurs milliers de colonnes de basalte habilement sculptées par la mer. La plupart d'entre elles avaient une forme hexagonale.

– Voilà notre pont!... s'exclama brusquement Finn en désignant les colonnes. Nous allons nous servir de ces pierres pour construire un chemin dans la mer. Ainsi, nous pourrons traverser de l'autre côté à pied sec.

Aussitôt dit, aussitôt fait. Aidé de ses hommes, Finn transporta dans la mer des centaines et des milliers de morceaux de roche hexagonaux, certains ayant plus de vingt-quatre coudées de large et plusieurs centaines de coudées de haut. C'était un travail de géants, mais, heureusement, Finn pouvait compter sur la magie du druide Fiacha, qui déplaçait les lourdes pierres comme s'il ne s'agissait que de tout petits cailloux, et surtout sur les capacités physiques exceptionnelles de Luagan le Fort.

Les Fianna travaillaient sous l'œil étonné de Celtina. Celle-ci n'avait pu les accompagner pour cette chasse en raison d'un geste brusque de Fierdad qui, de nouveau, l'avait transportée dans le temps. Toutefois, dans sa gangue de pierre, la jeune prêtresse s'était retrouvée coincée dans la falaise, en surplomb des rochers de basalte d'où elle avait une vue privilégiée sur le travail des hommes qui, eux, ne pouvaient ni la voir ni se douter de sa présence.

— Eh bien, puisque nous allons défier les géants, nous appellerons désormais cet endroit la « Chaussée des Géants », s'exclama Fiacha lorsque, après toute une nuit d'effort, la petite troupe de Fianna foula enfin le sol de Calédonie.

— Je ne vois Benandonner nulle part, s'étonna Finn, sur ses gardes. Notre travail n'a cependant pas dû passer inaperçu…

— Il a dû prendre peur, ricana Cailté. Regarde, les pierres de ce côté-ci de la mer sont les mêmes que sur les côtes d'Ulaidh, et ce géant n'a jamais eu l'idée de les imbriquer pour construire un pont comme nous l'avons fait. Il doit avoir un cerveau de la taille d'un petit pois. Je suis sûr qu'il se cache dans l'une des nombreuses grottes dont est percée la falaise par ici.

— Je n'aime pas ce silence de sa part. Ne traînons pas en route, commanda Finn. Plus vite nous serons à Acmoda, plus vite nous pêcherons tout le poisson dont nous avons besoin et mieux je me sentirai.

Les chasseurs-guerriers s'élancèrent par les sentiers de terre et de pierre de Calédonie, contournèrent les villages pour éviter d'être retenus par des invitations qu'ils n'auraient pu refuser sous peine d'affliger leurs hôtes, et s'écartèrent des passages dangereux. En chemin, Finn croisa aussi de nombreux Fianna qui avaient répondu à son appel et se rendaient dans le Laighean pour assister à son mariage. La plupart avaient affrété des bateaux pour traverser la mer à partir des ports de Kernow, pays qui faisait face à Ériu. Mais à ceux qui n'avaient pas pris cette sage précaution, Finn indiqua la présence de la Chaussée des Géants qui reliait dorénavant les deux côtes par le nord.

Après plusieurs jours et plusieurs nuits de marche, les cavaliers fianna, exténués, parvinrent finalement de l'autre côté de la Calédonie, juste en face de l'archipel d'Acmoda. Sans perdre de temps, ils se rendirent dans un village de pêcheurs pour demander qu'on les emmène dans le pays d'Yspaddaden le géant. Mais les Calédoniens n'avaient guère envie de se risquer sur les côtes déchiquetées qui appartenaient au redoutable géant. Les pêcheurs acceptèrent de donner quelques barques aux Fianna, mais refusèrent de leur servir de guides. Finn et ses compagnons durent donc se résoudre à prendre la mer seuls, sans personne pour leur indiquer les passes sécuritaires ni leur montrer les écueils qui tendaient leurs pièges à fleur de mer. Et n'eût été l'adresse de Finn, ils auraient sans doute fait naufrage au premier rocher qui leur barrait le passage.

Ils abordèrent les côtes d'Acmoda tandis que Sirona se levait sur la mer. Ils décidèrent de passer la nuit sur la plage de galets noirs. Il serait toujours temps de se lancer à l'assaut des falaises à la lumière du jour.

Les chasseurs-guerriers dormaient d'un profond sommeil réparateur lorsqu'un bruit attira l'attention de Cairell qui avait pris son tour de garde depuis une vingtaine de minutes. Le jeune homme dénuda son épée et se promena entre les corps de ses compagnons couchés à même le sol sur leurs couvertures de fourrure. Luagan le Fort ronflait comme une forge, tandis que Salytan parlait dans son sommeil, mais ce n'était pas ce qui avait alarmé Cairell. Il lui semblait avoir entendu des galets rouler, comme si quelqu'un avait glissé sur un tas de pierres. Le feu qu'ils avaient allumé en arrivant rougeoyait faiblement, quelques branches craquèrent, une pierre se fendit dans le foyer, mais le jeune guerrier ne se laissa pas distraire. Il sentait que quelqu'un rôdait aux alentours. Avec précaution, pour ne pas attirer l'attention de l'intrus, il se pencha sur Finn et le secoua doucement. Le chef de l'Ordre des chevaliers des Quatre Royaumes somnolait.

Il ouvrit aussitôt les yeux et, reconnaissant son plus jeune compagnon, il comprit qu'il se passait quelque chose d'important dans leur bivouac. Ils n'échangèrent pas un mot, mais, par signes, Cairell indiqua à Finn qu'un rôdeur était aux aguets dans les rochers en surplomb. D'un geste de la main, Finn ordonna à Cairell à la Peau Blanche de passer par la droite tandis que lui-même se dirigerait en rampant vers la gauche. Son but était de prendre leur visiteur à revers. La lune était voilée par d'épais nuages et leur feu en train de s'assoupir ne dégageait pas une lumière suffisante pour trahir leurs mouvements.

Il ne fallut que quelques minutes pour que les deux Fianna mettent leur plan à exécution. Ce qu'ils découvrirent les laissa bouche bée et leur hésitation faillit les desservir.

Le nain qui était tapi dans les rochers mesurait un peu moins de deux coudées de haut. Il avait une panse bien développée, des pieds larges au bout de jambes tordues. Son visage ingrat affichait un nez énorme en forme de tubercule, sous lequel poussait une barbe rousse fournie. Sa tête était surmontée de cheveux roux et longs, tellement sales et moutonnés qu'ils en étaient raides comme des cordes. Finn songea que l'individu devait être plein de puces. Il remarqua aussi que le nain gardait une main protectrice sur un gros chaudron habilement ciselé.

– Un Tow? murmura Cairell.

– Plutôt un Coblynaus…, supposa Finn. Sa pioche est là, posée sur le sol, et il porte les vêtements des mineurs de Cymru.

Par-dessus sa tunique déchirée, l'être difforme avait revêtu un large tablier de cuir et, sur son chef, il portait un casque clouté renforcé au nez et sur la nuque.

– Attention, il pourrait nous jeter des pierres! fit remarquer Cairell qui connaissait l'humeur parfois massacrante des Coblynaus de Cymru, surtout s'ils pensaient qu'on se moquait d'eux.

Probablement que la voix de Cairell avait porté trop loin, car le nain se retourna vivement vers les deux Fianna. Il n'avait pas peur et ne ramassa pas sa pioche pour se défendre. Il posa plutôt ses deux mains sur le bord du chaudron.

– Ne touchez pas à mon chaudron, grommela le nain d'une voix éraillée et profonde.

– Pourquoi nous espionnes-tu? l'apostropha Finn.

Un gargouillis en provenance de la panse bien tendue du nain lui répondit. Cairell éclata de rire.

– Tu as faim, il me semble!

– Remplissez mon chaudron avec du poisson ou du gibier et je partirai…, leur lança le petit être.

– On voudrait bien… mais nous n'en avons pas! C'est pour ça que nous sommes venus à

Acmoda, lui répondit Finn en s'approchant imperceptiblement du Coblynaus.

– Qui es-tu? demanda Cairell en glissant lui aussi quelques pas vers l'avant.

– Diwrnach*, répondit le nain.

– Et… ce chaudron, c'est ton œuvre? poursuivit Cairell en désignant l'objet du doigt.

Le Coblynaus resserra sa prise sur le récipient, bien trop grand pour lui.

– C'est à moi! cria-t-il d'une voix soudain haut perchée.

– Je crois plutôt que tu l'as volé! s'emporta Finn en s'approchant au plus près du nain. Les Coblynaus travaillent dans les mines d'étain, mais ne fabriquent pas d'aussi beaux objets. Dis-moi d'où il te vient, sinon tu n'auras aucune nourriture de notre part.

Le Coblynaus se renfrogna, mais son estomac continuait à se manifester par des gargouillis significatifs. Il avait vraiment très faim.

– Je l'ai trouvé, finit-il par admettre à contrecœur.

– Allons-nous devoir t'arracher ton récit mot à mot? fulmina Finn. Allez, mets-toi à table et raconte-nous toute l'histoire de ce chaudron.

– Grrrr! fit Diwrnach pour se racler le fond du gosier. Eh bien, voilà. Je vivais avec ma femme Kymideu près d'un plan d'eau appelé le lac du Chaudron, parce que, dit-on, c'est là que Dagda a l'habitude d'entreposer son chaudron.

– Le chaudron de Dagda?! Tu te moques de nous! Comment aurait-il pu entrer en ta possession? s'étonna Cairell qui se demandait si Diwrnach n'était pas en train d'inventer son récit au fur et à mesure.

– Si tu ne me crois pas, se rebella Diwrnach, ça ne sert à rien que je te raconte mon histoire.

Le nain croisa les bras sur sa poitrine et afficha un air buté. Il gardait les mâchoires crispées, refermées sur le silence.

– Nous n'interviendrons plus, c'est promis! l'assura Finn en cherchant du regard l'assentiment de Cairell, qui hocha la tête pour marquer son accord.

Finn et Cairell s'assirent aussitôt sur un rocher pour se mettre à l'aise.

– Bon, je continue, reprit le Coblynaus. Je disais donc que je vivais près du lac du Chaudron. Un jour, en allant à la pêche dans ce lac, j'eus la surprise de constater que mon filet était pris dans l'un des anneaux de cet objet. Comme je ne parvenais pas à remonter ma prise, je me suis avancé dans le lac pour aller voir ce qui se passait. J'ai fini par en sortir l'ustensile en le portant sur mon dos. Ce fut à ce moment-là que Bendigeit, le seigneur de cette terre, vint à passer. Il exigea que je lui remette ma prise. Je ne pouvais pas refuser, car c'est un noble très puissant. Toutefois, je lui proposai un troc. Je lui donnerais le chaudron, mais lui devait me garantir un toit et un bon repas tous les jours pour ma femme et moi. Bendigeit trouva que l'échange était bon. Il accepta donc de m'entretenir. Tout se passa bien pendant quelque temps, mais les serviteurs et les gens de Bendigeit finirent par se plaindre de ma présence parmi eux. Ils étaient superstitieux, et qu'un Coblynaus vive parmi les êtres humains leur faisait terriblement peur. Les choses s'aggravèrent lorsqu'ils connurent une mauvaise récolte d'avoine. Ils m'accusèrent d'avoir jeté un sort sur leurs cultures.

Finn et Cairell échangèrent des regards entendus. Ce genre d'histoires avec les êtres comme lui venus de l'Autre Monde n'était pas rare. La plupart des humains finissaient toujours par accuser les gens d'ailleurs des maux qui les affligeaient.

– À force d'être insultés et maudits, ma femme et moi avons un peu perdu notre sang-froid. Puisqu'on nous accusait de rendre les bêtes infertiles et les champs stériles, nous avons décidé de nous venger en jouant des mauvais tours aux habitants de la région.

– Aïe, mauvaise idée ! murmura Cairell à l'intention de Finn.

Mais Diwrnach avait l'oreille fine. Il interrompit un instant son récit pour décocher un coup d'œil noir de reproche au jeune guerrier

qui se mordit les lèvres pour ne pas laisser
échapper d'autre commentaire.

– Pour nous punir, les hommes de Bendigeit construisirent une maison tout en fer, sans aucune ouverture. Quand elle fut terminée, ils nous y enfermèrent, ma femme et moi. Il n'y avait qu'une trappe dans le toit par laquelle ils nous faisaient parvenir de la nourriture et des boissons en abondance. Puis, quand ils crurent que nous étions repus et ivres, ils entassèrent de la paille et du charbon autour de la boîte en fer et y mirent le feu qu'ils activèrent avec leurs soufflets. C'était intenable à l'intérieur. Alors, mobilisant toutes mes forces, je me suis jeté contre une paroi de la maison de fer et j'ai réussi à la défoncer. Ma femme et moi en sommes sortis en hurlant. Aussitôt, les guerriers nous ont pris en chasse, mais nous avons réussi à nous introduire dans la maison de Bendigeit où j'ai pu reprendre possession de mon chaudron en usant de magie et en menaçant le pays des plus terribles sorts. Le noble avait tellement peur que j'anéantisse ses terres qu'il a accepté de nous laisser partir. Kymideu et moi, nous nous sommes donc enfoncés sous terre, dans nos mines d'étain. Nous savions que Bendigeit ne renoncerait pas facilement et que, une fois le premier moment de frustration passé, il nous pourchasserait sans merci. Je voulais remettre le chaudron dans le lac où je l'avais trouvé, à l'endroit le plus profond. Mais après avoir longuement argumenté, ma femme m'a convaincu d'aller porter cet objet le plus loin possible vers le nord. Je m'en vais donc dans les Îles du Nord du Monde pour le rendre à celui qui l'a fabriqué, Semias le Subtil, le druide qui veille sur Murias. Il saura ce qu'il doit en faire, et moi, j'aurai fait de mon mieux pour protéger ce talisman.

Encore une fois, Finn et Cairell se dévisagèrent. Les deux Fianna étaient abasourdis. Assurément, le Coblynaus leur racontait une histoire à dormir debout.

– Ce récipient ne peut pas appartenir à Dagda, murmura Cairell. Le Dieu Bon ne l'aurait pas laissé tomber entre les mains de n'importe qui. Il invente pour se rendre intéressant. Je ne fais pas confiance à ce nain.

– C'est bon ! trancha Finn qui, pour sa part, hésitait à ajouter foi à ce récit, mais préférait, dans le doute, garder le nain à l'œil. Viens avec nous ! Nous te nourrirons dès que nous aurons pêché suffisamment pour remplir ton chaudron...

Au mot « chaudron », Diwrnach ne dit rien, mais il s'empressa de replacer l'ustensile sur ses épaules, refusant que les Fianna posent leurs doigts dessus.

Par contre, il avait tellement faim qu'il fut le premier à dévaler la pente de la falaise pour rejoindre le campement.

Finn partagea les quelques provisions qu'ils avaient apportées d'Ulaidh, mais les parts furent maigres. Il leur fallait sans tarder renouveler leurs réserves. Ici, Benandonner ne faisait pas régner sa loi et Yspaddaden le géant n'avait pas la réputation de dépeupler ses terres et ses eaux de la nourriture qu'elles recelaient.

Aux premiers rayons de Grannus, les Fianna et Diwrnach le Coblynaus escaladèrent la falaise et pénétrèrent sur les terres dénudées d'Acmoda. Finn constata rapidement que la désertification de ce territoire n'allait pas leur rendre la tâche facile. Il se maudit de ne s'être pas mieux renseigné sur les ressources de ce pays avant d'entreprendre ce long voyage.

CHAPITRE 12

La neige s'était mise à tomber faiblement sur la forêt de pins où Finn et ses compagnons s'étaient aventurés autant pour tenter de trouver un abri que pour y chasser, car la viande fraîche commençait à leur faire cruellement défaut.

– Je n'aime pas ce pays, grommela Cailté aux Longues Jambes une fois qu'ils eurent établi leur campement dans une clairière suffisamment abritée où ils pourraient se remettre de la fatigue de leur long voyage.

– Il est désertique, venteux, et maintenant… cette neige. Comme elle est loin, notre belle île Verte, se lamenta Conall en chassant d'un geste rageur les flocons cotonneux qui collaient à son manteau de peau de bête.

– Je vous promets que nous ne resterons pas longtemps ici, déclara Finn en dessellant son cheval. Chassons et pêchons en quantité. Ensuite, nous reprendrons le chemin de la forteresse d'Allen. J'ai hâte autant que vous de rentrer chez nous.

– Oui, mais pas pour les mêmes raisons, ironisa Luagan le Fort. Tes pensées sont occupées par une splendide femme-biche.

Les Fianna retirèrent leur propre selle, puis attachèrent leurs chevaux un peu à l'écart, dans un endroit où la neige n'avait pas encore totalement recouvert le peu d'herbe qui y survivait tant bien que mal. Au moins, les animaux auraient quelque chose de frais à se mettre sous la dent, car les sacs de voyage des chasseurs-guerriers ne contenaient plus que de la farine de châtaignes, des faînes glanées ici et là et du poisson séché ; les outres de bière et d'hydromel se faisaient, elles aussi, plus légères.

Après avoir pris un peu de repos, Finn et ses compagnons partirent à pied dans la forêt à la recherche de gibier. Ils parcoururent la grande île en tous sens, parvenant de peine et de misère à remplir trois besaces de peau à ras bord, car le gibier se faisait rare.

— Ouf, j'ai faim ! s'exclama Cormac, de retour au campement, en jetant le cerf qu'il venait de tuer sur le sol, devant le feu où déjà Cairell s'affairait à tailler des branches qui serviraient de tournebroche.

— Pourquoi être venus si loin pour si peu ? grogna Cairell, désigné cuistot de la troupe. Si en plus nous sommes obligés de manger nos propres prises, je ne vois pas comment nous pourrons ramener de la nourriture pour quatre mille personnes.

Le Coblynaus Diwrnach écoutait ces lamentations et ces reproches avec un petit sourire en coin qui exaspéra Cairell à la Peau Blanche.

– Au lieu de rester là, les bras ballants, à ne rien faire, rends-toi donc utile! lui cria le Fianna. Apporte ton chaudron!

Au lieu d'obtempérer, le Coblynaus s'éloigna avec son récipient pour le soustraire aux mains du cuistot. Mais, en reculant sans regarder où il mettait les pieds, il se heurta à Cailté aux Longues Jambes qui l'empoigna d'une main par le col, tandis que de l'autre il lui arrachait le chaudron.

Cailté déposa le récipient sur le feu, sous le tournebroche où le cerf avait déjà été mis à rôtir.

– On ne peut pas gaspiller la moindre parcelle de cet animal, expliqua le druide Fiacha à la Tête Large. Avec la graisse que je vais récupérer, je vais pouvoir fabriquer une pommade très efficace pour soulager les rhumatismes.

Les Fianna se réunirent donc autour du feu de camp pour manger tandis que Conall prenait son premier tour de garde au milieu des chevaux. Diwrnach ne cessait de jeter des regards inquiets vers son chaudron, tellement que son manège finit par attirer l'attention de Finn.

– Vas-tu cesser tes airs de conspirateur?... Que manigances-tu? lui lança le chef de l'Ordre des chevaliers des Quatre Royaumes.

Mais le Coblynaus n'eut pas le temps de répondre. Un cri de Fiacha à la Tête Large attira l'attention de tous.

– Regardez, par Hafgan… Regardez le chaudron! hurlait le druide à tue-tête tout en exécutant une danse échevelée autour du récipient.

La graisse de cerf chauffait à gros bouillons; il y en avait tant que le liquide menaçait de déborder.

– C'est impossible! s'écria Cairell. Un cerf n'a jamais autant de graisse… même en début d'hiver où il fait ses réserves pour se protéger du froid.

Dans son coin, le Coblynaus se ratatina un peu sur lui-même, comme s'il voulait qu'on l'oublie.

Fiacha se tourna vers Diwrnach et le dévisagea.

– Qu'est-ce qui se passe? Tu le sais! Allez… mets-toi à table!

– Hum! Je vous ai déjà dit qu'il s'agissait du chaudron de Dagda…, commença le nain, malgré les sourires sceptiques des Fianna.

– Continue ou je te coupe la tête, le menaça Finn. Depuis le début, tu nous mènes par le bout du nez, ça suffit. Dis-nous tout ce que tu sais, ou tu ne quitteras pas cette forêt vivant.

Voyant que la colère du chef de l'Ordre des chevaliers des Quatre Royaumes n'était pas feinte et qu'il était exaspéré, le nain entreprit de dire ce qu'il avait tu jusque-là.

– Eh bien, il ne s'agit pas simplement d'un talisman utilisé en cas de guerre pour rendre la vie aux morts ou pour soigner les blessés... Le chaudron est aussi un objet qui donne l'abondance. Tant qu'il contient de la nourriture et qu'il bout, il fournit des aliments en quantité suffisante pour nourrir tous ceux qui en ont besoin.

– Ça me semble trop beau pour être vrai, murmura Finn. Je sens à ta voix que tu nous caches quelque chose... Il y a un « mais », n'est-ce pas ?

– Je connais l'histoire du chaudron de Dagda, intervint Fiacha. Tous les druides en sont instruits. Ce qu'affirme Diwrnach est vrai, mais ce qu'il ne dit pas, c'est que si ce récipient magique est entre les mains de gens venus de l'Autre Monde, son pouvoir est immense. Par contre, il doit être continuellement alimenté. Toutefois, s'il se retrouve en possession de mortels, il finit par disparaître. Et seul le plus vaillant des guerriers peut s'en occuper. Si tu veux que ce chaudron te serve, tu devras te mettre à son service à ton tour, Finn. Et surtout, ne le prêter à personne, ni laisser quiconque ne le mérite pas en user. C'est la condition pour qu'il puisse te servir, car le sang qui coule dans tes veines fait de toi un être de l'Autre Monde, le seul qui soit habilité à le toucher.

— Tu sais que, pour les célébrations de mon mariage, j'ai besoin de nourrir quatre mille personnes, Diwrnach…, reprit Finn. Acceptes-tu de me le céder pour cette période ? Je te jure que je ne le prêterai à personne et qu'aussitôt mes noces célébrées je te le rendrai. Je te fournirai même une escorte pour que tu puisses aller en toute sécurité le remettre à Semias le Subtil dans l'île de Murias.

Le Coblynaus hésita. La proposition le tentait, car il ne se voyait pas faire face seul à tous les dangers d'une expédition vers les Îles du Nord du Monde. Il avait promis à sa femme Kymideu de faire ce voyage, mais il ne lui avait pas avoué qu'il doutait d'en revenir vivant. Or, s'il était accompagné de Fianna, ses chances d'en revenir sain et sauf étaient beaucoup plus grandes.

— J'accepte ! dit-il enfin. Mais n'oublie pas ta promesse, Finn. Tu dois l'alimenter continuellement et surtout ne le prêter à personne.

— Je m'en souviendrai ! promit le chef des Fianna. Et maintenant, que tout le monde retourne à la chasse. Conall surveillera les chevaux et le chaudron… Nous ne serons pas absents très longtemps.

Propulsée dans le temps et dans l'avenir, Celtina sortit du bois et s'avança vers le campement tandis que les Fianna étaient partis chasser. Elle examina attentivement les alentours. Elle avait déjà vécu cette scène, elle en était sûre. Elle examina le chaudron qui bouillait et aussitôt ses souvenirs affluèrent à son esprit avec vivacité. Elle entendit une branche craquer et se dissimula derrière un arbre. Et alors, elle le vit.

Il était là, embusqué sur une branche basse, ses yeux en amande brillant comme deux diamants. Il était énorme et terrifiant. Le chat se mit à feuler sournoisement. Ses yeux jaunes se tournèrent brusquement vers un endroit situé derrière lui et une branche fut réduite en cendres.

Le Chapalu* ! s'exclama-t-elle en pensée.

Elle allait se saisir d'un rameau enflammé dans le feu lorsqu'elle s'immobilisa. Elle venait de voir une forme transparente se mouvoir derrière le terrifiant félin. Puis, elle ne distingua plus rien d'autre que le Chapalu. Elle suspendit sa respiration pour ne pas trahir sa présence. Brusquement, la même forme transparente se glissa comme un fantôme entre elle et le chat maléfique. Elle vit le félin renverser le chaudron et s'empiffrer de son contenu. La silhouette invisible s'immobilisa, comme si elle craignait que les yeux jaunes de la bête mythique ne la brûlent.

Tout à coup, Celtina comprit. Elle avait déjà vécu ces événements. Ce fantôme qui semblait hanter la clairière n'était autre qu'elle-même, vêtue du manteau d'invisibilité de Myrddhin*, fabriqué par la méchante déesse

Fuamnach. Elle se vit en train de surveiller le camp des Fianna ; bientôt, elle le savait, son ombre laisserait tomber son invisibilité et se dévoilerait à Finn. Ensuite, elle l'interrogerait sur son besoin croissant de nourriture. Elle en était maintenant persuadée, le chaudron de Diwrnach n'était autre que le chaudron de Dagda.

Si Dagda a pu récupérer son chaudron pour me le donner par la suite afin que je le mette à l'abri, c'est que tout s'est bien passé pour Finn après que je suis partie d'Acmoda, songea-t-elle avec soulagement.

À cet instant, comme si, dans son sommeil, Fierdad avait compris qu'il n'était pas nécessaire que Celtina assistât à toute la scène qui s'était déroulée deux bleidos plus tôt dans le royaume d'Yspaddaden le géant, il enlaça le mégalithe qui lui servait d'oreiller. Et, une fois encore, ce geste involontaire arracha Celtina à l'époque où elle avait été envoyée pour la conduire ailleurs, à un autre moment.

Après que Finn eut connu Celtina à Acmoda et que celle-ci eut délivré le druide Maponos, le chef de l'Ordre des chevaliers des Quatre Royaumes avait décidé de regagner Ériu en emportant le chaudron de Diwrnach. En utilisant ce récipient, il savait qu'il n'aurait qu'à y faire cuire une ou deux pièces de viande pour que les quatre mille Fianna fussent rassasiés. C'était sans doute le plus beau cadeau de mariage qu'on pût lui faire.

Les Fianna regagnèrent donc la Calédonie pour y emprunter la Chaussée des Géants qu'ils avaient construite deux lunes plus tôt, afin de retourner dans la forteresse d'Allen où des centaines d'invités se pressaient déjà et n'espéraient plus que le futur marié pour enfin faire la fête.

Toutefois, une autre embûche attendait Finn, et pas la moindre. Alerté par les travaux de construction des Fianna, Benandonner, le géant calédonien, voulait maintenant défier Finn pour voir qui était le plus fort. Pour le géant, il n'était pas dit que le monde fût assez grand pour accueillir deux forces de la nature de leur trempe. L'un des deux devrait mettre un genou à terre et devenir le vassal* de l'autre. Et il avait décidé que ce serait à Finn de le servir et non l'inverse.

– Qu'il vienne ! s'exclama le chef de l'Ordre des chevaliers des Quatre Royaumes, averti par Celtina qui, à cause du geste de Fierdad, avait été projetée en Ulaidh quelques heures seulement avant l'arrivée de Finn et avait donc été mise au courant, par des pêcheurs, du défi lancé par Benandonner.

Le jeune guerrier n'entendait pas se laisser impressionner par une telle bravade. Selon lui, il était suffisamment costaud pour rivaliser avec un géant, et peu lui importaient sa taille et sa méchanceté.

Mais lorsque Finn aperçut Benandonner en train d'emprunter la Chaussée des Géants pour venir l'affronter en Ulaidh, il prit peur. Le géant était d'une taille et d'une puissance colossales. Personne ne pourrait se mesurer à une telle force de la nature sans y laisser sa vie.

Sur un ordre de Finn, les Fianna s'enfuirent pour se mettre à l'abri dans les bois, en bordure de mer. C'était la première fois que ces valeureux chasseurs-guerriers prenaient ainsi leurs jambes à leur cou en renonçant à relever un défi. Leur honte serait grande quand on l'apprendrait, et Finn était désespéré. Il ne pouvait pas retourner à la forteresse d'Allen en avouant une telle faiblesse. Il allait perdre son commandement, car le chef des Fianna devait toujours être le plus vaillant, le plus courageux et le plus téméraire de tous. Mais, cette fois, l'ennemi était beaucoup trop imposant. Il ne pouvait rivaliser avec un monstre de cette corpulence.

– J'ai une idée! dit Celtina après que Luagan et Cailté aux Longues Jambes lui eurent décrit l'énergumène que leur chef avait renoncé à affronter. Cormac et Eodaid, ramassez des joncs et tressez un couffin* de la taille de Finn.

Les deux guerriers la dévisagèrent avec ahurissement, mais comme Finn ne disait rien, ils entreprirent la tâche qu'elle avait commandée.

– Maintenant, il faut quelqu'un pour aller provoquer le géant, reprit-elle en examinant le travail des deux jeunes hommes. Luagan le Fort et toi, Cailté aux Longues Jambes, vous allez vous rendre sur le bord de la mer et agir de manière à ce que Benandonner vous pourchasse. Quant à toi, Fiacha à la Tête Large, prépare des boissons pour notre invité.

Personne n'osa contredire Celtina, car Finn, abattu, paraissait avoir renoncé à son rôle de chef. Il semblait avoir sombré dans une profonde détresse.

Le plan de Celtina fut donc mis à exécution.

Moins d'une quinzaine de minutes plus tard, Luagan le Fort et Cailté aux Longues Jambes étaient de retour. Derrière eux, le sol résonnait des pas lourds du géant, et des craquements retentissaient dans toute la forêt. En effet, pour se frayer un passage entre les arbres, Benandonner écartait les troncs d'une chiquenaude* et ceux-ci se brisaient comme de simples fétus de paille. Il bottait de gros rochers sur le côté, comme si son pied n'avait foulé que de petits cailloux. Le géant calédonien était d'une taille impressionnante. Personne n'en avait jamais vu de cette stature.

Il arriva finalement à l'endroit où les Fianna s'étaient réunis, et s'apprêtait à les écraser d'un seul coup de poing lorsque la voix de Celtina, aiguë et autoritaire, retint son geste.

— As-tu fini ce vacarme? Tu vas réveiller le bébé…

Le géant, déstabilisé, pencha la tête de côté pour voir qui osait lui parler sur ce ton. En baissant les yeux, il remarqua le long couffin où Finn, allongé sous une couverture de fourrure, tentait tant bien que mal d'imiter les vagissements d'un nouveau-né.

— Assieds-toi, géant Benandonner, l'invita Celtina. Tu prendras bien un peu d'hydromel avec nous… pour fêter la naissance du fils de Finn.

Et d'un geste ample, Celtina désigna le panier tressé où le chef de l'Ordre des chevaliers des Quatre Royaumes tremblait de tous ses membres car, dans ce lit de joncs, il était totalement à la merci du géant.

— Le fils de Finn! s'exclama Benandonner, la voix cassée, en considérant le grand couffin. Un bébé naissant, tu dis?

Il regarda encore une fois le panier tressé, puis, se levant précipitamment, il refusa l'hydromel et s'enfuit dans le bois en grommelant:

— Si c'est ça, le fils de Finn, quelle taille doit avoir le père? Je suis fou d'avoir défié le chef de l'Ordre des chevaliers des Quatre Royaumes. J'aurais dû me douter qu'il s'agissait d'un être exceptionnel. Il a construit ce pont en une nuit. Je suis fou, complètement idiot…

Benandonner détala en direction de la Chaussée des Géants. Dans sa précipitation, il laissa échapper une de ses bottes sur la grève. Au fil des saisons et des ans, cette botte finirait par se changer en pierre. Mais, pour le moment, le géant avait d'autres préoccupations que le sort de sa chaussure. Lorsqu'il arriva enfin au milieu du pont de pierres de basalte, il se dépêcha de le démonter derrière lui pour éviter que Finn et les Fianna le poursuivent jusque dans son antre, en Calédonie.

Pendant ce temps, des exclamations de joie et des hurlements de plaisir retentissaient dans le campement des Fianna. L'exploit de Celtina était tout simplement prodigieux. Grâce à son ingéniosité, sans lever le petit doigt contre lui, elle avait réussi à mettre en fuite le géant le plus démesuré que la terre de Celtie eût jamais porté. Fiacha la félicita et l'assura que son exploit serait à jamais louangé par les bardes. Celtina se contenta d'esquisser un sourire. Elle savait que, bientôt, sa présence parmi eux serait oubliée de tous et que la prouesse qu'elle avait réalisée serait attribuée à une certaine Oonagh, une femme-pêcheur que Finn épouserait pour une seule nuit. Les actes que Celtina accomplissait dans son voyage hors du temps ne pouvaient pas s'inscrire dans la légende des Fianna; elle en était consciente, mais cela ne la troublait pas, car elle était sûre que tout cela faisait partie de son initiation et qu'un jour, au terme de sa quête, elle en comprendrait toute la signification.

Chapitre 13

De retour dans la forteresse des Fianna, Finn fut accueilli en héros par ses compagnons, mais surtout par sa future épouse, Sadv, la biche blanche. Leurs noces furent l'occasion de grandes réjouissances et, grâce au chaudron prêté par Diwrnach, la nourriture ne manqua pas et l'hydromel et la bière coulèrent à flots pendant plusieurs jours. Les bardes chantèrent les louanges de la femme-biche et les exploits de son époux. Sadv aimait Finn d'un amour inconditionnel, et celui-ci était au comble du bonheur. Leur félicité était si profonde que le chef de l'Ordre des chevaliers des Quatre Royaumes en vint à délaisser la chasse pour rester près de sa douce biche. Il en oublia même sa promesse de faire escorter Diwrnach vers les Îles du Nord du Monde. Le Coblynaus s'installa donc au sein des Fianna, dans l'attente que ceux-ci le conduisent auprès de Semias le Subtil dans l'île de Murias.

Pour sa part, Sadv se sentait en sécurité dans la forteresse d'Allen. Protégée par les hauts remparts de bois, il ne pouvait rien lui arriver tant qu'elle n'en franchissait pas le portail. Après plusieurs mois d'enchantement, Sadv annonça à Finn qu'elle portait son enfant. Leur bonheur était parfait.

Toutefois, un matin, le spectre de la guerre vint troubler leur bien-être. L'oiseau de mauvais augure n'était autre que Swena Selga, un pisteur des Navin, le père d'Inssa, l'un des fils adoptifs de Finn.

En effet, selon la coutume celte, plusieurs guerriers avaient confié leurs enfants à Finn pour que le chef de l'Ordre des chevaliers des Quatre Royaumes les élevât. Ainsi, le chef des Fianna était désormais le père d'une nombreuse progéniture. Il avait toutefois très hâte que son propre fils vît enfin le jour.

– Des guerriers du royaume de Lochlann viennent de débarquer dans une baie du Laighean, annonça Swena Selga dès qu'il eut passé le portail de la forteresse d'Allen, sans même prendre le temps de descendre de sa monture.

Après avoir jeté l'ancre, les hommes blonds et hirsutes du Royaume de nulle part* s'étaient élancés dans la campagne, ravageant les champs et brûlant les villages. Ils massacraient tous ceux qui s'opposaient à eux. En tant que protecteurs de la Celtie, les Fianna devaient chasser ces envahisseurs. En effet, les chasseurs-guerriers constituaient la seule troupe de cavaliers aptes à intervenir en tout temps et en tout lieu, dans un délai suffisamment court et surtout avec une grande efficacité, comme ils l'avaient déjà prouvé à de nombreuses reprises.

Aussitôt après avoir appris la nouvelle, Finn envoya des messagers dans toute l'île Verte, en Calédonie, en Cymru, en Kernow et même en Gaule pour regrouper ses hommes et les préparer aux durs combats qu'ils allaient devoir livrer contre ces diables blonds venus du nord.

Le chef de l'Ordre des chevaliers des Quatre Royaumes passa ses derniers moments de loisir en compagnie de Sadv. Il était triste à l'idée de devoir la laisser derrière lui, mais il ne pouvait se soustraire à ses obligations. Il convoqua Salytan, son plus fidèle serviteur.

– Je te confie Sadv, veille à bien la servir ! Prends soin d'elle comme si elle était ta propre fille.

Puis il appela Ronan, un de ses fils adoptifs.

– Je place la forteresse d'Allen sous ton commandement. Tu as toute ma confiance… Protège nos familles et nos maisons.

Finalement, après avoir longuement embrassé Sadv, Finn prit la tête de ses quatre mille cavaliers et se dirigea vers l'endroit où la présence diabolique des hommes de Lochlann avait été signalée.

Les deux armées ne tardèrent pas à se trouver et à s'affronter. Mais Finn, se battant pour son pays, pour ses amis, pour sa famille et surtout pour Sadv et leur enfant à naître, fut d'une férocité sanglante et sans pitié. Après avoir massacré les pillards qui avaient abordé la terre d'Ériu, les Fianna réussirent à incendier les navires des hommes du Royaume de nulle part, puis ils forcèrent les survivants à fuir à la nage. Épuisés, ceux-ci se noyèrent sans que les Fianna ne tentent de leur venir en aide. Dans l'esprit des Celtes, il n'était pas question de clémence envers des ennemis. Finn savait que si un seul des hommes de Lochlann parvenait à regagner le Royaume de nulle part, il ne tarderait pas à revenir avec de nouvelles troupes, probablement plus nombreuses et mieux armées, et qu'il était possible que les Fianna ne triomphent pas une seconde fois. Il ne pouvait pas laisser une telle éventualité se réaliser. Ériu suscitait les convoitises, et la mission de Finn était justement de la protéger des ambitions de conquête des autres peuples.

Ainsi, en moins d'une dizaine de jours, tous les envahisseurs furent anéantis.

La nouvelle de la victoire se répandit aussitôt dans tout le Laighean et parvint à la forteresse d'Allen au moment où Celtina, une nouvelle fois propulsée dans le temps, y faisait elle aussi son apparition.

Mises au courant du retour triomphant des Fianna par un messager venu à bride abattue du champ de bataille, la jeune prêtresse et la belle Sadv se hâtèrent de grimper sur les remparts de la forteresse pour y guetter la venue de Finn. Ce furent les lévriers Bran et Scolan qui arrivèrent les premiers en vue d'Allen. Leurs aboiements joyeux attirèrent l'attention des serviteurs et des guerriers qui étaient assignés à la protection du domaine de Finn. Ceux-ci se précipitèrent dans la plaine au moment où la silhouette tant attendue de leur chef se profilait au lointain.

La liesse fut grande dans la forteresse. On riait, on criait, on se félicitait, on chantait les prouesses des Fianna. Oubliant toute prudence, la femme-biche courut vers le portail, suivie de quelques pas par Celtina, en retrait. N'écoutant que son amour et sa joie, Sadv franchit l'enceinte protectrice d'Allen pour se jeter dans les bras grands ouverts de son époux qui accourait vers elle.

– Non! hurla brusquement Celtina en se rendant compte que Sadv passait le portail.

Mais il était trop tard. Dès que l'épouse de Finn eut posé un pied dans l'herbe verte de la plaine, elle se transforma en biche blanche bondissant dans la prairie. Aussitôt, les deux chiens noirs aux crocs acérés, qui n'étaient pas, en fait, Bran et Scolan, l'encerclèrent et la forcèrent à se diriger vers la silhouette qui n'était pas celle de Finn, mais plutôt celle du Druide Noir. En effet, le dangereux druide des Tribus de Dana avait pris l'apparence du chef des Fianna pour mieux mystifier les hommes d'Allen et surtout la belle Sadv. Sous sa forme de merle noir, il avait guetté cette occasion depuis de nombreuses lunes, survolant nuit et jour la forteresse, cherchant le meilleur moyen d'en faire sortir la femme-biche. Ayant appris la victoire des Fianna, il y avait vu une circonstance favorable à son sombre projet.

Lorsque Sadv se rendit compte de sa méprise, elle tenta par tous les moyens de revenir vers l'enceinte protectrice. Elle bondissait à droite et à gauche, tournant sur elle-même, le cœur battant la chamade. De leur côté, Celtina, Salytan, Ronan et les Fianna de la forteresse firent tout en leur pouvoir pour la ramener auprès d'eux, mais chaque fois qu'elle s'approchait trop près du portail, les deux chiens se jetaient dans ses pattes et la mordaient pour l'empêcher d'avancer. Celtina rageait de ne pouvoir faire appel à son totem, le chien blanc ; sous cette apparence, elle pouvait effrayer n'importe qui, même un membre des Tribus de Dana aussi mauvais que le Druide Noir. Mais la perte de ses pouvoirs druidiques avait réduit toutes ses possibilités à néant.

Finalement, après la troisième tentative, épuisée par ses vains efforts, Sadv sentit ses frêles pattes fléchir. Elle tomba sur le flanc droit, la poitrine soulevée de puissants soubresauts de fatigue, la langue sortie de la bouche, cherchant à trouver l'air qui lui manquait. Les chiens en profitèrent alors pour la saisir entre leurs crocs et la ramenèrent, soumise, vers leur effroyable maître qui avait repris sa ténébreuse apparence de Druide Noir.

Les Fianna s'élancèrent derrière eux, mais au moment où Ronan tenta d'asséner un coup de son épée au Druide Noir, le ravisseur émit un hurlement lugubre, et des rafales de vent déferlèrent sur la plaine, balayant les hommes et les projetant cul par-dessus tête, les plaquant les uns aux autres contre les parois de la forteresse. Privés de leurs forces, il leur fut impossible de s'en détacher jusqu'à ce que biche, chiens et Druide Noir eussent disparu dans un violent tourbillon qui monta vers les cieux.

Ce fut alors que la phrase énigmatique de Katell revint à la mémoire de Celtina, tandis qu'elle peinait à retrouver ses esprits après cette terrible scène. Sa vieille nourrice lui avait dit: «Sadv la biche n'attend que toi...». Des larmes coulèrent des yeux de la jeune prêtresse. Parce qu'elle n'avait pas su déchiffrer cette phrase mystérieuse, la vie de Sadv avait basculé. Celtina se dit que si elle avait compris le sens caché de ces quelques mots, elle aurait pu empêcher la femme-biche de franchir le portail. L'existence de Sadv et celle de l'enfant qu'elle portait étaient en danger, mais la jeune prêtresse dut se rendre à l'évidence: elle ne pouvait rien faire pour les aider ni même pour les retrouver. Privée de ses pouvoirs de druidesse, il ne lui était pas possible de contacter Dagda ou Lug, les seuls qui auraient pu avoir quelque influence sur le redoutable Druide Noir, appartenant lui aussi aux Thuatha Dé Danann.

Abattus, Celtina et les Fianna de la forteresse regagnèrent l'abri de l'enceinte. Il ne leur restait plus qu'à attendre le retour du véritable maître des lieux pour le mettre au courant de la terrible nouvelle. Plusieurs redoutaient sa réaction, car les colères du chef de l'Ordre des chevaliers des Quatre Royaumes étaient renommées dans toute la Celtie. Ronan et Salytan s'inquiétaient plus que tout autre, car c'était à eux que leur chef avait confié Sadv et la forteresse, mais ils avaient failli à leur mission. Une telle faute se payait généralement de la vie dans le monde des Celtes, et encore plus dans celui des Fianna où l'honneur et le courage étaient deux vertus primordiales.

Mais, pour le moment, Finn quittait à peine la baie où avait eu lieu la bataille contre les hommes de Lochlann. Pressé de revoir sa femme-biche, il sauta sur son cheval et s'élança à travers la plaine où déjà les charognards étaient à l'œuvre. Seuls les frères Goll le Borgne et Conan le Chauve du clan de Morna réussirent à le suivre, tellement le chef de l'Ordre des chevaliers des Quatre Royaumes filait à vive allure, devançant tous ses compagnons.

À l'approche d'Allen, dressé sur ses étriers, étirant le cou, Finn tenta de discerner la fine silhouette de Sadv sur les remparts. Ne voyant rien au sommet de la forteresse, un mauvais pressentiment lui serra les entrailles. Précédé de ses deux chiens, il s'élança vers le portail grand ouvert. Mais, au lieu des cris de joie que lui laissait espérer son retour en héros, il ne trouva que des larmes et des mines défaites.

Des yeux, il examina tous les visages, mais surtout il chercha à apercevoir la belle épouse dont il était tant épris.

– Que se passe-t-il ici? demanda-t-il finalement à Ronan qui avait pris les rênes de sa monture et l'aidait à en descendre.

Son fils adoptif baissa le regard. Son visage affligé et son attitude trahissaient son désarroi. Il ne prononça pas une parole.

– Où est Sadv? murmura Finn, comme s'il craignait la réponse.

Ronan entreprit alors de lui raconter comment ils avaient tous été dupés par le Druide Noir, comment ils avaient tout tenté pour récupérer la biche blanche, et finalement comment sa femme avait disparu, emportée par les rafales de vent générées par le terrible druide des Tribus de Dana.

– Salytan! hurla Finn, dont le cœur serré ne voulait pas encore admettre la triste réalité. Salytan, dis-moi que ce n'est pas vrai. C'est une mauvaise blague…

Mais le serviteur n'osa pas lever la tête vers lui. Son visage pâle et ses yeux rougis par les pleurs révélaient son désespoir de manière encore plus éloquente que les mots ne l'auraient fait.

Alors, comme un fou, Finn parcourut les rues de la forteresse d'Allen, ouvrant à la volée chaque porte de chaque maison, criant le nom de Sadv... Bran et Scolan le suivaient pas à pas, reniflant le sol dans tous les coins, comme s'ils cherchaient à y retrouver la trace de leur maîtresse. Finalement, Finn dut se rendre à l'évidence : Sadv avait bel et bien disparu. Il sentit un lourd manteau de chagrin s'abattre sur ses épaules. Il finit par s'enfermer dans sa résidence principale, refusant toute nourriture et exigeant que personne ne vînt le déranger dans sa peine.

Deux jours plus tard, Celtina fut la première à voir Finn sortir de sa maison. Il était épuisé, mais, dans son regard bleu acier, elle put lire une nouvelle détermination, une farouche envie de se battre pour retrouver Sadv.

– Je partirai avec Bran et Scolan, déclara-t-il à l'intention de ses principaux compagnons. Eux seuls sauront la reconnaître, si Sadv venait de nouveau à croiser notre route, et ils ne lui causeront aucun mal.

– Tu ne peux pas quitter les Fianna pour entreprendre ta propre quête, gronda Goll le Borgne. Nous te devons obéissance et fidélité, mais toi aussi, tu as des responsabilités envers nous.

— Je ne quitte pas les Fianna, lui répondit sèchement Finn. Je serai toujours là pour défendre notre pays et nos familles, mais, dans mes moments de loisir, au lieu de perdre mon temps dans de vaines chasses, je me lancerai sur la piste de Sadv et personne ne pourra m'en empêcher, est-ce bien clair ?

Ses compagnons approuvèrent de la tête, et même les hommes du clan de Morna ne trouvèrent rien à répliquer. Finn, comme chacun d'entre eux, pouvait occuper ses temps libres à sa guise, du moment qu'il ne trahissait pas ses engagements en tant que chef de l'Ordre des chevaliers des Quatre Royaumes.

Pendant plusieurs jours encore, Celtina eut l'occasion de se mêler aux Fianna et d'apprécier leur courage et leur sens de la fraternité. Elle se demandait quand elle serait de nouveau arrachée à cette époque, et surtout par qui. Elle s'était posé la question de nombreuses fois, et la seule réponse qui lui paraissait évidente était Fierdad.

En effet, elle avait fini par comprendre que la première fois qu'elle avait ouvert les yeux dans le monde parallèle, c'était bien son ancien compagnon d'études qu'elle avait vu, même si elle ne l'avait pas reconnu d'emblée. À force d'y réfléchir, c'était le seul nom qui s'imposait à elle. Fierdad était celui par lequel cet étrange voyage avait lieu. Mais comment lui faire comprendre que chacun de ses actes avait des répercussions sur sa vie à elle? Comment reprendre contact avec le jeune homme, puisqu'il ne cessait de l'arracher à une époque et à un lieu pour la précipiter ailleurs à un autre moment?

Ce fut un rayon de soleil se reflétant sur son épée déposée contre le mégalithe qui réveilla Fierdad. Le jeune druide-guerrier s'empressa de ranimer son feu qui était sur le point de s'éteindre. Il avait oublié de ranger son écuelle lorsqu'il s'était couché la vieille, ce qui se révéla une chance. Avec la pluie de la nuit, elle s'était remplie d'eau pure. Fierdad la mit à chauffer, puis ouvrit son sac de jute d'où il tira du mérisimorion*, une herbe qu'il appréciait particulièrement consommer le matin, au réveil, à cause de son petit goût piquant, frais et vivifiant.

Après avoir avalé sa brûlante tisane, il commença à ranger ses affaires, remit ses bottes dans lesquelles il prit soin de glisser des feuilles séchées de bricumus* qui avaient la réputation de soulager les pieds fatigués et d'aider à supporter de longues marches. Il ramassa son épée, mais ce faisant elle heurta le mégalithe. Le choc résonna et mit en fuite un animal qu'il reconnut facilement: une femelle belette. Fierdad se tint aussitôt sur ses gardes. Ce petit mustélidé* pouvait facilement s'en prendre à un homme, surtout si la femelle était en train d'élever ses petits. Il contourna le mégalithe et s'aperçut que la belette venait de creuser son nouveau terrier au bord du lourd menhir de granite. Il se dit que le couloir devait sûrement descendre profondément sous la grande pierre. *Une cachette tout à fait sûre pour y élever des petits*, songea-t-il.

Il prit appui sur le monolithe pour mieux observer le mustélidé. Il sentit encore une fois la pierre frémir sous ses doigts. La veille, trop fatigué, il n'avait pas vraiment cherché à découvrir l'origine de cette chaleur intense que dégageait le granite. Mais, avec la lumière du jour et les idées plus claires, il se dit qu'il devait percer le mystère.

Fierdad inspira profondément. Le vide monta en lui depuis son thorax jusqu'à envahir son esprit, puis il se projeta en pensée au cœur de la pierre. Ce qu'il découvrit faillit le faire tomber à la renverse. Il dut faire appel à toutes ses forces pour ne pas perdre sa concentration. Il s'était infiltré dans la conscience de Celtina! Remontant peu à peu le cours du temps, Fierdad vit son amie au moment où, par inadvertance, le regard de celle-ci avait croisé les yeux de glace de la cockatrice. Il n'avait pas besoin d'aller plus loin pour comprendre. Maève leur avait tout appris des animaux fabuleux de Celtie et de l'Autre Monde.

Avant de regagner son propre corps, il s'adressa à Celtina en pensée pour la rassurer. Il savait comment la sortir de là. Dans quelques minutes, ce serait chose faite. Il réintégra son enveloppe physique. Cet exercice de transportation était excessivement fatigant pour l'organisme de celui qui le pratiquait, mais Fierdad n'avait pas le temps de se reposer. Celtina comptait sur lui.

Il ramassa rapidement le plus de bois mort qu'il put trouver aux alentours de la colline dénudée. Heureusement, la forêt qui l'avait autrefois bordée avait laissé de nombreux restes utilisables. Puis, il lui fallut trouver un ingrédient essentiel : un œuf. Pendant près d'une heure, il explora les débris à la recherche d'un nid au sol. Il finit par en repérer un. Une alouette avait confectionné le sien avec un tas d'herbes sèches. Il les écarta délicatement. Mais la déconvenue fut à la hauteur de ses attentes. L'abri était vide. N'y subsistaient que quelques éclats de coquille secs. Le nid était abandonné depuis longtemps. Il reprit sa patiente recherche. Finalement, elle fut récompensée. Il découvrit un autre nid d'alouette, cette fois dans une dépression peu profonde, à moins d'un millarium de la colline. Bien cachés entre les brindilles se trouvaient cinq œufs à la coquille gris-jaune tachetée. Il en préleva un en prenant garde de ne pas toucher aux autres, puis il revint près du mégalithe.

Il s'employa alors à confectionner un piège simple mais efficace. Avec les branches de bois récoltées plus tôt, il construisit une sorte de boîte et la fixa avec de longues herbes sèches qu'il tressa avec patience. Ensuite, il élargit le trou par lequel il avait vu la belette se faufiler sous terre, puis il creusa le sol sur toute la longueur de la boîte en lui donnant un léger dénivelé. Il plaça finalement la boîte dans ce trou. À l'intérieur, il déposa l'œuf d'alouette qu'il avait pris soin de percer aux deux extrémités. Il n'avait plus qu'à attendre, en espérant que son ingéniosité portât rapidement ses fruits.

Après un long moment, il finit par entendre le bruit tant espéré. Le petit prédateur se mit à belotter. Puis, il vit la boîte osciller. Son piège avait fonctionné, la belette était à l'intérieur en train de déguster l'œuf. Fierdad retira vivement la boîte du trou et fit glisser rapidement l'animal dans son sac de jute qu'il avait pris soin de vider de son contenu. Le mustélidé eut beau crier et gesticuler dans le sac, le druide-guerrier ne se laissa pas attendrir. La belette constituait la seule solution pour tirer Celtina de sa gangue de pierre.

Fierdad tailla ensuite deux épais morceaux dans sa couverture de laine, de manière à en recouvrir complètement ses mains. Il les fixa avec les lanières qu'il retira de ses bottes. Sage précaution, puisque son intention était de plonger une main dans le sac pour y saisir la belette par le col.

Une fois le mustélidé suspendu au bout de son bras gauche, il le maintint fermement. Les contorsions de la belette pouvaient être très dangereuses. L'animal pouvait le mordre au sang ou encore de lui entailler profondément la peau grâce aux griffes acérées qui se tendaient au bout de ses quatre courtes pattes. Fierdad voulait également s'assurer qu'il s'agissait bien d'une belette et non d'une hermine, car ses efforts pourraient se révéler vains s'il se trompait d'espèce. Il détailla la robe rousse du pelage du dos, vit parfaitement les poils immaculés du ventre et, surtout, il s'assura que le bout de la queue n'était pas noir. Il poussa un soupir de soulagement; il avait bien affaire à une belette.

Il approcha sa main droite des canines pointues de l'animal qui le fixait de ses petits yeux noirs de carnivore, le saisit par la tête et le tourna vers lui tout en lui parlant pour le calmer.

– Chut! Je ne te ferai pas de mal… Écoute-moi, petite mère belette.

Les yeux vert pâle de Fierdad se fixèrent dans le regard de l'animal. En pensée, le druide-guerrier entra dans le petit cerveau, maintenant sous sa coupe. Son emprise était totale. La belette ne pouvait plus agir de sa propre volonté, elle ne pouvait qu'obéir à son maître.

– Je t'ordonne d'aller dans l'Autre Monde. Là-bas, tu trouveras une jeune prêtresse transformée en statue de pierre… Une cockatrice doit sûrement la surveiller pour s'assurer que mon amie ne puisse pas redevenir normale par inadvertance. Je t'ordonne d'attaquer cette cockatrice. Vas-y, petite mère belette !

D'un geste lent, il posa l'animal devant le terrier et celui-ci s'y précipita, s'enfouissant sous le mégalithe.

Il ne lui restait plus qu'à prier pour la réussite de son stratagème. Il ne pouvait de nouveau investir l'esprit de Celtina, car cela nuirait à sa métamorphose. Il devait attendre, et ce, le temps qu'il faudrait. La belette ne lui ferait pas défaut. Il le savait. Il l'avait habilement conditionnée. La seule chose qu'il ne pouvait contrôler était la présence de la cockatrice sur les lieux de son forfait. Si la belette devait se mettre à la recherche de son ennemie, le calvaire de Celtina pourrait durer encore un certain temps.

La belette était le seul animal capable de mettre un terme à l'enchantement d'une cockatrice. Pour cela, elle n'avait qu'à apparaître devant l'être fabuleux et à le défier du regard. Aussitôt, la cockatrice relâcherait son emprise sur l'objet de son contrôle et la gangue de pierre se fendrait.

Fierdad resta toute une demi-journée aux aguets, sursautant au moindre craquement. Il n'osait plus toucher au mégalithe : un geste incontrôlé pouvait anéantir toute sa stratégie. Il examinait régulièrement le granite, mais aucune fissure ne laissait présager une prochaine destruction. Il en vint à douter de ses capacités druidiques. Avait-il vraiment réussi à influencer la belette pour la forcer à lui obéir ou, au contraire, était-elle simplement retournée se tapir dans son antre, avec ses petits ? À moins que le mustélidé n'eût pas encore trouvé la cockatrice ? L'issue du combat, quant à elle, ne faisait aucun doute. Les belettes avaient toujours vaincu les cockatrices. Fierdad se répétait inlassablement que tout était une question de patience. Le soleil se stabilisa au point le plus haut dans le ciel. Fierdad avait faim, mais il n'osait pas s'éloigner pour chasser. Les gargouillements de son estomac se firent plus insistants. Il s'assit près de son feu maintenant agonisant. Puis, il grignota un morceau de pain sec qui traînait dans son sac depuis plusieurs jours. Finalement, comme l'attente persistait, il finit par s'assoupir.

Un vacarme le fit bondir sur ses pieds. Le mégalithe venait de se fracasser en centaines de morceaux. Celtina en émergea en se frottant les yeux, comme si elle sortait d'un long et profond sommeil.

– Ah! Fierdad! Eh bien, mon ami, tu en as mis du temps à me sortir de là! s'exclama-t-elle en dégageant sa jambe d'un dernier morceau de roc.

Devant la déconvenue de son ami, elle éclata de rire avant de reprendre sur un ton joyeux:

– C'est une blague! Je te remercie infiniment de ton intervention. Sans toi, j'aurais sûrement fini ma vie sous forme de statue de pierre.

Les deux adolescents tombèrent dans les bras l'un de l'autre, se bourrant de claques dans le dos. Leurs rires s'emmêlaient et se démêlaient tandis que Fierdad racontait comment il était venu à bout du mauvais sort de la cockatrice, et que Celtina lui expliquait comment il l'avait fait voyager dans le passé par ses gestes incontrôlés. La jeune prêtresse passa la journée à lui faire le récit de ses aventures et de tout ce qu'elle avait appris sur Finn, le chef de l'Ordre des chevaliers des Quatre Royaumes.

Chapitre 14

Celtina était affamée. Heureusement, son sac contenait encore quelques châtaignes qu'elle partagea avec Fierdad. Pendant qu'ils grignotaient leur frugal repas, il la mit au courant des raisons de sa présence dans la région. Pour marquer son appartenance aux fiers Fianna, le chef de l'Ordre des chevaliers des Quatre Royaumes lui avait confié la mission d'aller chercher Diairmaid, le fils de Mac Oc et de Caer. Fierdad devait demander à ce dernier de se joindre à la célèbre troupe de chasseurs-guerriers.

– Sais-tu où le trouver? demanda Celtina en grimpant à califourchon derrière Fierdad, après que celui-ci eut retrouvé son cheval qui errait dans la plaine.

– Oui. Diairmaid vit sur les terres de son grand-père Ethal Anbual*, le prince des Bansidhe.

– Eh bien, en route pour le lac des Gueules de Dragons! fit joyeusement Celtina en enfonçant ses talons dans les flancs du cheval qui s'élança aussitôt au petit trot.

Après avoir chevauché de longues heures, les deux amis arrivèrent à Cruachan, en vue de la forteresse du roi Aillil et de la reine Mebd, les protecteurs du Connachta. On les y reçut avec gentillesse et beaucoup d'égards, car les souverains gaëls respectaient énormément Finn et les Fianna. De plus, ils furent heureux de revoir Celtina. Le festin qu'ils offrirent en leur honneur fut l'un des plus somptueux et des plus réussis qu'ils eurent jamais donnés. Et Celtina l'apprécia d'autant plus qu'elle s'avisa que, en cette fin du mois des invocations*, elle fêtait ses quatorze ans.

Elle eut un petit pincement au cœur en songeant à sa famille. Elle se promit de tenter d'entrer en contact avec Banshee à la première occasion. Mais ce n'était ni le moment ni l'endroit idéal; elle remit donc son projet à plus tard.

Après quelques jours passés en compagnie de leurs hôtes, Fierdad et Celtina jugèrent qu'il était temps de poursuivre leur route. Le jeune Fianna osa enfin interroger les Gaëls sur le lieu où devait se trouver Diairmaid. Le roi Aillil lui confirma que le jeune homme s'était installé dans une forteresse près du tertre de Femen, afin d'être le plus près possible de sa mère Caer lorsque celle-ci, sous son aspect de cygne, devait avoir accès au lac des Gueules de Dragons. Puis, après de multiples promesses de se revoir bientôt, les souverains du Connachta les laissèrent enfin partir.

Il fallut une demi-journée à Fierdad et à Celtina pour parvenir sur les bords du lac des Gueules de Dragons, là où se dressait la modeste forteresse de Diairmaid. Après avoir interpellé les guetteurs postés sur les remparts et décliné leur identité ainsi que le but de leur visite, ils furent admis à l'intérieur.

Diairmaid les reçut chaleureusement et écouta le discours de Fierdad avec beaucoup d'attention.

– Ainsi, Finn désire me confier le commandement d'un groupe de Fianna. C'est un grand honneur! fit le jeune homme, flatté mais pensif.

Diairmaid ne s'était encore jamais posé de questions sur son avenir. Toutefois, se joindre aux Fianna était une option qu'il avait déjà considérée, mais sans s'y attarder plus que de raison.

Il invita Fierdad et Celtina à partager son repas. Pendant le dîner, Celtina ne cessa de l'examiner, tandis que Fierdad et lui négociaient les conditions de son admission dans la troupe de chasseurs-guerriers. Le fils de Mac Oc et Caer était magnifique. Il avait une chevelure aussi noire que la plume du corbeau, le teint blanc presque transparent des Bansidhe et des lèvres rouge sang, ce qui lui donnait un air à la fois inquiétant et mystérieux. Il était grand et élancé, majestueux et fort. Ses manières étaient douces, mais Celtina savait qu'il ne fallait pas se fier aux apparences. Mi-dieu mi-bansidh, le jeune homme pourrait se montrer féroce, intolérant et sournois si les événements le forçaient à user de cruauté, de tyrannie et de fourberie.

– D'accord! finit par dire Diairmaid en vidant son verre d'hydromel. Finn peut me compter au nombre de ses partisans. Les Tribus de Dana ne m'ont pas encore donné de titre ni de statut, et chez les Bansidhe on demeure méfiant à cause du sang des dieux qui coule dans mes veines. Je me sens inutile ici, et ce sera avec joie que je brandirai très haut le drapeau bleu au demi-soleil flamboyant des Fianna.

Très motivé, Diairmaid se leva.

– Quand partons-nous?

Le jeune homme avait hâte d'accomplir son destin. Après avoir emballé quelques effets personnels, il sella son cheval et le trio quitta la forteresse près du tertre de Femen, sans un regard en arrière. Diairmaid n'avait pas annoncé son projet à Caer, mais il savait que sa mère comprendrait sa hâte de se joindre aux Fianna et ne lui en voudrait pas de ce départ précipité. De toute façon, c'était ainsi que les choses se passaient toujours chez les dieux et les Bansidhe. Lorsqu'un homme était en âge de quitter son foyer, il le faisait sans regret. Diair-maid songea qu'il était temps pour lui de voler de ses propres ailes et de ne plus en référer à ses parents. Il avait trouvé sa voie et il la suivrait sans faillir.

La route des trois aventuriers serait longue pour rejoindre Finn. Année après année, le chef de l'Ordre des chevaliers des Quatre Royaumes poursuivait inlassablement ses recherches en vue de retrouver Sadv, mais, selon ce qui avait été convenu avec Fierdad avant son départ, ils devaient tous se retrouver aux abords de Tara avant les célébrations de Beltaine, date à laquelle les Fianna redeviendraient des nomades au service des Celtes.

Un soir, fourbus et affamés, Celtina, Diairmaid et Fierdad arrivèrent près d'une cabane devant laquelle un vieil homme s'affairait à rassembler ses animaux pour la nuit. Les renards, redoutables voleurs et égorgeurs de poules, étaient nombreux dans la région, et le bonhomme ne tenait pas à leur fournir un repas gratuit.

Après avoir vérifié que sa basse-cour était bien à l'abri, il offrit, selon la coutume celte, l'hospitalité de sa maison aux voyageurs. Le trio entra dans la pièce unique de la hutte, mais de surprise s'arrêta net une fois le seuil franchi, car la cabane était déjà occupée par un bélier, un chat et une magnifique jeune fille.

Le vieillard ne fit pas les présentations ; Celtina et ses deux compagnons trouvèrent l'accueil plutôt étrange mais, comme ils avaient faim et étaient fatigués, ils décidèrent de ne pas faire de reproches au paysan pour ce manque de courtoisie.

D'ailleurs, ce dernier avait déjà plongé une longue louche dans un chaudron posé sur le coin du feu et d'où montaient de bonnes odeurs de viande et de légumes mijotés. Nos trois amis s'assirent donc sur une bûche, devant une table de bois basse sur laquelle le bonhomme déposa leurs écuelles.

Soudain, le bélier grimpa sur la table et, mettant ses pattes dans les plats, il renversa le bol de Fierdad. Furieux, ce dernier écarta l'animal d'un geste brusque. La bête tourna alors sa tête cornue vers le jeune Fianna et chargea. Fierdad se retrouva les quatre fers en l'air dans un coin de la pièce. Puis, comme si de rien n'était, le bélier remonta sur la table et renversa cette fois la soupe de Celtina. La jeune fille protesta. Alors, d'un coup de tête, le bélier l'envoya elle aussi au tapis et, aussitôt après, reprit sa place sur la table.

Celtina allait bondir sur ses pieds pour retourner affronter l'animal lorsque ses yeux croisèrent ceux du chat. Ils étaient d'un étrange vert mordoré*, leurs pupilles étroitement resserrées en une longue fente verticale. Leur lueur l'intimida et elle resta assise auprès de Fierdad à le dévisager.

Diairmaid, pour sa part, exaspéré par le comportement de l'ovin*, le saisit par les cornes et, en y mettant toute sa force de demi-dieu et de demi-bansidh, après de multiples efforts qui lui arrachèrent des cris et amenèrent la sueur à son front, il réussit à coucher la bête sur le dos. Croyant avoir vaincu le bélier, Diairmaid se redressa, mais déjà l'intrépide animal fonçait dans ses jambes et, d'un violent coup de tête, il expédia Diairmaid tout près du feu qui crépitait sous le chaudron. Le jeune homme sentit la chaleur sur son postérieur et, dans un sursaut, s'écarta avant qu'une flamme vive n'embrasât ses braies.

– Chat, ordonna alors le vieil homme, conduis le bélier dehors et attache-le solidement.

Comme si toute cette scène était parfaitement normale, en quelques coups de patte, le chat dirigea le bélier hors de la cabane. Fierdad et Celtina sentirent la honte leur envahir le visage. De n'avoir pu contrôler ce bélier, alors qu'un petit chat avait réussi sans problème, insultait leur honneur et leur courage.

– Partons! décréta Diairmaid en plaquant une main sur ses fesses, à l'endroit où la flamme avait laissé une petite trace de suie sur ses vêtements légèrement brûlés. Il n'est pas dit qu'un paysan borné traitera des Fianna avec autant d'impolitesse et de désinvolture. Tu dois nous rendre justice pour cela, vieux bonhomme.

– Non, non, ne partez pas! protesta le vieillard. Vous n'avez pas à avoir honte de ce qui s'est passé, votre valeur n'est pas en cause…

Celtina avait déjà la main sur la porte, prête à l'ouvrir d'une poussée, lorsqu'elle comprit ce que le vieillard tentait maladroitement de leur dire. Elle secoua la tête, se maudissant de n'y avoir pas pensé plus tôt, ce qui lui aurait évité un coup de tête, et des brûlures mal placées à Diairmaid.

– Vous ne comprenez pas, ce bélier représente le Monde! s'exclama-t-elle en pivotant vers ses amis.

– Mais oui, bien sûr! ajouta Fierdad, se souvenant lui aussi de l'enseignement de Maève. Pour les druides, le bélier est le symbole de fertilité, de la vie en mouvement et de la création du monde.

Diairmaid les dévisageait, abasourdi.

– Vous voulez dire que nous avons tenté de combattre le Monde?

– Oui, et comme tu l'as vu, ni Fierdad ni moi ne sommes parvenus à le terrasser, reprit Celtina. Mais toi, parce que tu es un demi-dieu et un demi-bansidh, tu as pu le jeter à terre, même si, à la fin, le Monde a triomphé.

– Tu seras un grand guerrier, prophétisa aussitôt le vieillard qui avait retrouvé sa véritable apparence de druide. Tu as combattu les forces du Monde et, même si tu ne l'as pas vaincu, tu as prouvé que tu pouvais l'affronter sans trembler et même le faire vaciller. Ta valeur, ton audace et ton courage changeront le monde celte. Au sein des Fianna, tu seras l'instigateur de grands changements, Diairmaid.

Comme il fallait s'en douter, le vieux était en fait un druide, et il avait fait surgir le bélier pour les mettre à l'épreuve.

– Oui, mais le chat? demanda Diairmaid.

– C'est la Mort, répondirent en chœur Celtina et Fierdad.

– La seule puissance capable de détruire le Monde est la Mort, expliqua la jeune prêtresse, sans pour autant dévoiler toutes ses pensées à Diairmaid.

Il se peut que Diairmaid réussisse à changer le monde des Fianna, songea-t-elle, *mais la présence du chat me laisse craindre qu'il n'y parviendra qu'en mourant. J'espère que je me trompe…*

Elle essuya une goutte de sueur sur son front. Puis, elle se souvint que, en tombant, elle avait bien failli tourner le dos au chat. Si cela était arrivé, puisqu'il lui était interdit de tourner le dos à la Mort, elle se serait consumée sur-le-champ. Heureusement qu'elle avait été fascinée par les yeux du félin. Elle l'avait échappé belle.

La Mort a peut-être choisi ce moment pour me faire un clin d'œil et me rappeler ma geis, songea-t-elle encore. *À ce moment-là, la destinée de Diairmaid n'aurait rien à y voir… Je ne peux pas parler de sa propre mort à Diairmaid comme ça, sans en savoir plus. Il vaut mieux que je garde ce genre d'hypothèse pour moi tant que je ne suis pas sûre du sens à donner à cette rencontre.*

Le druide invita de nouveau ses hôtes à table et, cette fois, le repas se passa très bien, sans interruption. Toutefois, Fierdad et Diairmaid ne cessaient de dévisager la jeune beauté qui n'avait pas prononcé une parole depuis leur arrivée et n'avait eu aucun geste vers eux. Celtina se dit que la fille du druide était peut-être sourde et muette, ce qui pouvait expliquer son comportement.

Après s'être bien restaurés, les trois voyageurs allèrent se coucher. Pendant leur repas, le magicien et sa fille avaient étendu de la paille devant l'âtre, ce qui leur permettrait de passer une bonne nuit au chaud, car dehors le vent redoublait de fureur. Ils entendirent même la pluie battre le toit de chaume.

Au cours de la nuit, Fierdad, réveillé par le vacarme de la tempête de printemps, se leva. Il vit que la fille du druide était aussi debout, en train de se servir un peu de bouillon dans le chaudron. Elle lui en présenta un bol. En tendant la main vers le pot, ses doigts rencontrèrent ceux de la jeune fille. Il l'attira à lui pour l'embrasser, mais elle le repoussa vivement.

– Je ne peux être à toi, dit-elle d'une voix presque enfantine. Je t'ai déjà appartenu, mais je ne t'appartiendrai plus jamais !

Fierdad eut un mouvement de surprise. Il n'avait jamais connu cette fille et se demanda ce qu'elle voulait insinuer. Puis, il s'aperçut que Celtina s'était levée à son tour, incommodée par le bruit de la pluie qui tombait vraiment très fort. Il regagna sa couche sans interroger la jeune fille.

– Comment t'appelles-tu? demanda Celtina en avalant le chaud bouillon à petites gorgées.

– Aël, répondit la jeune fille en remplissant un troisième bol. À toi aussi, j'ai appartenu, mais je ne t'appartiendrai plus jamais.

Celtina laissa son bol en suspens à mi-chemin de ses lèvres.

Aël signifie « elfe ». Ce n'est sûrement pas une coïncidence, songea Celtina. *Et elle n'est ni sourde ni muette. Que veut-elle dire par « je t'ai appartenu »?… Je n'y comprends rien. Je me demande bien ce que sa présence ici peut signifier.*

Un mouvement dans son dos la fit sursauter. C'était Diairmaid qui, à son tour, venait chercher un peu de bouillon réconfortant. Lui aussi laissa ses doigts courir sur les mains d'Aël, mais la jeune fille lui tint le même discours qu'à Fierdad et à Celtina.

– Diairmaid, je t'ai déjà appartenu… mais cela est chose du passé. Je ne serai plus jamais à toi.

Diairmaid et Celtina échangèrent des regards interrogateurs.

– Qui es-tu? demanda Celtina. Nous ne comprenons pas tes propos.

– Je suis l'Enfance. Je vous ai appartenu à tous les trois, mais l'Enfance ne revient jamais. Approche, Diairmaid, continua l'elfe.

Il lui obéit, et Aël déposa un baiser sur son front. Aussitôt, un grain de beauté apparut.

– Grâce à cette marque, aucune femme ne pourra te voir sans t'aimer! proclama l'elfe.

Diairmaid esquissa un sourire. Voilà un don précieux qu'il appréciait à sa juste valeur. Toutefois, il ne pouvait pas encore savoir que ce cadeau lui causerait de multiples soucis à l'avenir.

À peine Diairmaid eut-il le temps d'apprécier le baiser que la cabane, le druide et Aël disparurent. Celtina et les deux Fianna se retrouvèrent assis sur de la mousse, dans une clairière, près d'un feu de camp. Ils s'interrogèrent du regard. Avaient-ils rêvé? Mais Celtina remarqua que le front de Diairmaid était maintenant orné d'un grain de beauté que le jeune homme n'arborait pas auparavant.

Chapitre 15

Fierdad, Diairmaid et Celtina avaient repris leur route depuis plusieurs heures. Les deux anciens élèves de Maève échangeaient des nouvelles à voix basse, tandis que Diairmaid était plongé dans ses pensées.

– Le Haut-Roi Érémon* est mort des suites de la blessure qu'il s'est infligée à la main lorsqu'il a battu Ciabhan à la nage, expliqua Fierdad alors que Celtina l'interrogeait sur les événements du monde celte. Et le druide Drostan a déclamé une satire qui oblige son âme à errer entre le monde des vivants et le monde des morts, jusqu'à ce que toi, l'Élue, tu aies réussi ta mission. Celtina soupira. Elle était loin de la réussite de sa mission. Comment pourrait-elle restaurer la Terre des Promesses alors qu'elle n'avait pas encore récupéré tous les vers d'or des druides? Il lui en manquait tant!

– Ne te décourage pas! ajouta Fierdad qui avait parfaitement interprété son soupir.

– Il y a tellement de gens qui comptent sur moi, continua Celtina. C'est si difficile à porter! Je sais qu'une grande partie des problèmes des Celtes ne sera plus qu'un mauvais souvenir lorsque je serai parvenue à réunir tous les vers d'or, mais je ne vois pas comment y arriver rapidement. Je me promène aux quatre coins de la Celtie, je vais et je viens entre le monde réel et celui des Tribus de Dana, et pourtant j'ai l'impression de tourner en rond et d'être inutile.

– Certainement pas! la réprimanda Fierdad. Chaque geste que tu accomplis, chaque endroit que tu visites, chaque rencontre que tu fais sont déterminants. Tu en as plus appris sur le monde des Celtes en deux bleidos que durant toute ta vie d'étudiante à Mona. Ne sois pas aussi pessimiste et démoralisée. Suis ton chemin sans faiblir, les dieux te soutiendront…

– Parfois, je crois qu'ils m'ont abandonnée ou, pire, qu'ils s'amusent à mes dépens en me conduisant là où ils le veulent et quand ils le veulent, sans se préoccuper de mes désirs ni de mes sentiments, reprit-elle d'une voix encore plus lasse.

– Dagda ne peut pas être constamment derrière toi à surveiller tes moindres gestes… la gronda Fierdad. Allez, quoi, secoue-toi, un peu de nerf! Relève la tête et montre-toi digne de sa confiance.

Elle esquissa un sourire triste. Elle savait très bien que les propos durs de Fierdad n'avaient d'autre but que de fouetter son orgueil. Elle lui en fut reconnaissante, même si, tout au fond d'elle, le doute continuait à faire son œuvre de destruction.

– Chacun de nous a sa propre mission, reprit Fierdad. Moi, je suis un Fianna, je suis chargé de protéger notre terre ; Diairmaid sera bientôt des nôtres pour le même engagement ; quant à toi, le destin a voulu que tu sois choisie pour protéger notre culture et nos croyances… Aucun de nous n'a le droit de s'avouer vaincu tant qu'il lui reste un souffle de vie dans le corps pour faire son devoir.

Elle lui sourit encore, car Fierdad avait raison. Elle était tellement heureuse d'avoir retrouvé son compagnon de l'Île sacrée ! Toujours cramponnée derrière lui, sur son cheval, elle attira la tête du garçon vers elle et l'embrassa doucement sur les lèvres. Elle sentit une profonde chaleur parcourir le corps du jeune druide-guerrier. Il avait le visage écarlate. Elle se colla un peu plus contre son dos et referma ses bras autour de sa poitrine avec confiance.

– Hum ! C'est Tigernmas qui a succédé à Érémon, lança Fierdad, comme pour rompre le doux charme qui le liait à sa compagne de chevauchée. Mais il n'a pas l'envergure de son père…

Celtina ne dit rien et le silence s'installa entre eux, car la jeune prêtresse tenait à faire durer le plus longtemps possible la tendre complicité qui les unissait.

– Je connais Tigernmas, déclara soudain Diairmaid, au grand désarroi de Celtina et peut-être même de Fierdad, car celui-ci sursauta au son de la voix de leur compagnon. C'est un opportuniste et un être sans scrupule. Ça ne me dit rien qui vaille de savoir qu'il est le nouveau Ard Rí. Les Gaëls ont fait un très mauvais choix. Ça ne nous apportera que des ennuis. Je comprends mieux pourquoi Finn m'a fait chercher…

– Qu'est-ce que tu veux dire? l'interrogea Celtina qui, maintenant que le charme était rompu entre elle et Fierdad, voulait en savoir plus sur ce nouveau roi ainsi dénigré.

– Tigernmas a toujours dit qu'il voulait chasser les Thuatha Dé Danann et les Bansidhe d'Ériu…

– C'est fait! répliqua Celtina. Les Tribus de Dana et le peuple de ton grand-père vivent sous terre depuis qu'ils ont perdu la bataille contre les Fils de Milé*.

– Tu ne comprends pas. Tigernmas veut aussi les chasser du monde souterrain…, poursuivit Diairmaid en serrant les poings autour des rênes de son cheval. C'est un descendant d'Éber*, un de ceux qui ont toujours dit que les dieux étaient inutiles et que les mortels pouvaient se passer d'eux.

Celtina se mordit les lèvres. Avec ce genre d'individu à la tête d'Ériu, le monde celte se préparait effectivement à subir de graves ennuis.

– Est-ce que les Fianna pourront contre-carrer ses projets? s'enquit-elle, anxieuse, auprès de Fierdad.

– Tout dépend de ce qu'il compte faire. C'est l'Ard Rí. Même si les Fianna ne doivent obéissance qu'à leur propre chef, Finn a le devoir de le protéger.

– Oui, mais… si ses actes vont à l'encontre de l'intérêt général, les Fianna ne peuvent pas le soutenir, si?

Fierdad ressentit sa fébrilité alors qu'elle s'agrippait maintenant à sa tunique.

– Diairmaid a bien deviné. C'est pour cela que Finn a fait appel à lui. Il est mi-dieu mi-bansidh, il saura mieux que quiconque ce que les Fianna peuvent faire pour déjouer les plans de Tigernmas.

– Malgré vos belles paroles encourageantes, je vous sens nerveux, tous les deux. Que craignez-vous? les interrogea Celtina, elle-même inquiète.

Les deux jeunes hommes gardèrent le silence pendant quelques secondes, puis Diairmaid laissa simplement tomber:

– D'échouer!

Fierdad ne dit rien, mais il secoua la tête pour reconnaître que son ami avait raison.

Ils poursuivirent leur route en silence. Celtina se laissa vite envahir par la sérénité émanant du splendide paysage qui défilait sous leurs yeux au fur et à mesure de leur chevauchée. Les pluies du printemps, comme un peintre jouant des nuances de sa palette, avaient entrelacé des couches allant du vert tendre au vert foncé sur les plaines et les collines. Ils virent des troupeaux de moutons paître en toute tranquillité, gardés par des bergers qui leur adressaient toujours un signe de la main en guise de salutation. Ils traversèrent des hameaux où ils furent chaleureusement accueillis, d'autant plus qu'on reconnaissait en Fierdad et en Diairmaid de fiers Fianna prêts à les défendre.

Mais plus ils se rapprochaient de Tara, plus des rumeurs à faire dresser les cheveux sur la tête se répandaient dans la campagne.

– Tigernmas a découvert une mine d'or, leur expliqua un matin un paysan qu'ils interrogeaient sur ce qui se passait dans la cité sacrée. Et je crois que ça lui est monté à la tête, ajouta-t-il en faisant tourner son index contre sa tempe.

– Serais-tu en train de suggérer que l'Ard Rí est fou ? s'étonna Fierdad.

– S'il ne l'est pas, eh bien, il a quand même des idées bizarres ! reprit le paysan. Il a décidé que chacun devrait revêtir une tenue appropriée à son rang. Ainsi, un esclave sera toujours vêtu d'une seule couleur, sans ornement. Un paysan, comme moi, devra porter deux couleurs, un soldat, trois, un noble, quatre, un chef de province, cinq et un druide ou une personne royale, six.

– Oui, c'est étrange, mais finalement ce n'est pas si grave ! dit Diairmaid.

– Tu as raison, poursuivit le paysan. Là où ça devient dangereux, c'est que Tigernmas a décidé de faire recouvrir d'or une pierre en forme de serpent lové, entourée de douze menhirs, qu'il a découverte en Ulaidh. Il exige aussi que l'on vienne offrir en sacrifice à cette idole un enfant sur trois qui naîtront à Ériu pour assurer notre abondance en lait et en blé, et le beau temps pour le bétail et nos récoltes.

Les trois amis échangèrent des regards d'incompréhension mêlée de dégoût.

Tigernmas rejetait les dieux des Tribus de Dana qui n'avaient jamais exigé de sacrifices humains au profit d'un monstre assoiffé de sang… et de sang d'enfants, qui plus est.

– Ça ressemble aux rites des Fomoré dans le Champ des Adorations*, signala Fierdad.

– Ce n'est pas possible, répliqua Celtina. Il doit y avoir une erreur. Un roi gaël ne rendrait pas un culte aux Fomoré. Tu sais comme moi que, en se propageant, les rumeurs déforment toujours la réalité…

– Hâtons-nous de retrouver Finn. Le chef de l'Ordre des chevaliers des Quatre Royaumes saura la vérité, fit Diairmaid en donnant de petits coups de talons dans les flancs de sa monture pour la mettre au galop.

Fierdad stimula son cheval à son tour. Ils étaient à moins d'une demi-journée de Tara.

Ils parvinrent devant un grand lac où ils laissèrent leurs chevaux boire et reprendre des forces, car depuis leur rencontre avec le paysan, ils n'avaient cessé de forcer leurs bêtes et elles étaient à bout de forces.

– Nous n'arriverons pas plus vite si nous tuons nos chevaux, fit remarquer Diairmaid avec sagesse en retirant ses bottes pour plonger ses pieds dans l'eau, tandis que sa monture se désaltérait goulûment.

Celtina et Fierdad l'imitèrent. Puis, tandis que les deux garçons échangeaient des remarques sur le comportement incompréhensible du nouveau Haut-Roi et sur la façon dont Finn pourrait tenter de contrecarrer ses plans, elle marcha sur la berge, laissant l'eau jouer entre ses orteils et les galets lui masser la plante des pieds.

Brusquement, une lueur en provenance du milieu du lac attira son attention. Elle se figea pour mieux voir.

Non, je ne rêve pas! Il y a là-bas un objet brillant... Elle plissa les yeux, comme si cela pouvait l'aider à mieux distinguer ce dont il s'agissait. *On dirait... on dirait un... un chaudron!*

Comme elle pivotait sur ses talons pour aller prévenir Fierdad et Diairmaid de sa découverte, elle eut une autre surprise. Un homme tenait ses deux amis en respect à la pointe de son épée. Les deux Fianna avaient laissé tomber leurs armes pour mieux profiter de la fraîcheur du lac et ils avaient été surpris dans leur bain.

— Ne tente rien, jeune fille, sinon je transperce ces deux-là! la prévint-il sans même tourner le regard vers elle, comme s'il avait senti sa présence.

— Sais-tu à qui tu t'en prends? lui lança-t-elle sur un ton de défi. Ce sont des Fianna. Si tu oses toucher un seul cheveu de leur tête, Finn te tranchera la tienne.

— Je sais que ce sont des Fianna, c'est pour ça qu'ils sont toujours en vie! ricana l'homme. Qui crois-tu donc que je suis?

Comme Celtina ne disait rien mais s'avançait toujours, l'homme reprit la parole en baissant légèrement son épée dont il continuait à menacer Fierdad, surtout.

— Je suis Llasar, un Fianna aussi. C'est Finn qui m'a posté près de ce lac avec la charge de le défendre coûte que coûte contre toute intrusion. Et comme tu le vois, je m'acquitte de ma mission avec sérieux... Personne ne peut s'en approcher, pas même un autre Fianna. Donc, rhabillez-vous et disparaissez de ma vue, sinon je vous transperce, et Finn n'y trouvera rien à redire.

Celtina se demanda ce que ce lac pouvait bien cacher pour qu'une telle protection fût nécessaire. Elle avait retrouvé ses pouvoirs de druidesse au moment où Fierdad l'avait extirpée de sa gangue de pierre, mais elle n'avait pas eu l'occasion de vérifier si elle avait récupéré pleinement ses capacités. C'était le moment rêvé. Elle se projeta dans l'esprit de Llasar pour y découvrir les raisons de sa présence menaçante dans ce lieu.

Ainsi, je ne me suis pas trompée, se dit-elle en découvrant que Llasar devait protéger un trésor que Finn avait déposé dans le lac. *C'est bien un chaudron que j'ai vu plus tôt dans l'eau. Llasar ne connaît pas la valeur de ce trésor, mais ce n'est pas la peine de chercher bien loin. Je suis sûre que c'est le chaudron dont Finn s'est servi pour ses noces avec Sadv, le chaudron que lui a remis Diwrnach, le Coblynaus. Et, surtout, c'est le chaudron que m'a confié Dagda et que j'ai malencontreusement perdu. Je dois le récupérer.*

Son esprit découvrit alors qu'elle n'était pas la seule à avoir sondé Llasar. Fierdad avait eu la même idée qu'elle. Ils se jetèrent des coups d'œil entendus, puis échangèrent mentalement les pensées qui les agitaient.

— *Après son mariage avec Sadv, Finn a dû chasser les hommes de Lochlann et il n'a pas eu la possibilité de faire escorter Diwrnach vers Murias,* songea Fierdad.

— *Et ensuite, la perte de sa femme-biche l'a tellement affligé qu'il a encore une fois renoncé à tenir la promesse faite au Coblynaus,* pensa Celtina.

– *Il a dissimulé le chaudron au fond de ce lac et a chargé Llasar de surveiller l'endroit lorsque Tigernmas a pris le pouvoir, après la mort d'Érémon*, reprit Fierdad en pensée tout en surveillant les mouvements de Llasar du coin de l'œil.

– *Tu as raison, il n'a pas voulu courir le risque que le talisman des Tribus de Dana tombe entre les mains de cet Ard Rí qui ne cherche qu'à se débarrasser des dieux. Je dois le reprendre…*

– *Que comptes-tu faire?* lui demanda Fierdad, très anxieux.

Diairmaid se rendit compte de l'anxiété de son compagnon, puis il comprit que Celtina et lui étaient en train de parler par transmission de pensée. En tant que demi-dieu et demi-bansidh, c'était également un pouvoir qu'il possédait. Il se joignit à la conversation silencieuse.

– *Il faut faire diversion*, était en train de penser Celtina.

– *Je m'en charge*, intervint Diairmaid. *Je connais suffisamment de magie pour terroriser un guerrier.*

Fierdad et Celtina échangèrent des regards tristes remplis d'adieux pénibles. Une fois encore, leur destin leur commandait de prendre des chemins différents.

– *Bonne chance avec les Fianna*, lança-t-elle mentalement aux deux chasseurs-guerriers.

– *Bonne chance à toi aussi. Et n'oublie pas... reste forte, tu réussiras!* pensa Fierdad tandis que Diairmaid l'assurait de son amitié éternelle.

Elle fit alors deux pas de côté, laissant Llasar face à ses amis. Diairmaid fit appel à la magie héritée des Tribus de Dana par son père Mac Oc et, aussitôt, un mur de flammes entoura Llasar. Avant que ce dernier ne pût comprendre que c'était une illusion d'optique, Celtina s'était jetée à l'eau et nageait vigoureusement vers l'endroit où le chaudron resplendissait sous les derniers rayons de Grannus.

Elle s'empara d'un des deux anneaux qui ornaient les côtés de l'objet, mais aussitôt l'ustensile se remplit d'eau et l'entraîna vers le fond du lac. D'un battement de pieds, elle remonta quelques secondes à la surface, le temps d'envoyer un signe de la main à Diairmaid et à Fierdad, puis elle se laissa couler avec le talisman. Elle avait confiance. Si elle le tenait fermement, il ne pouvait rien lui arriver.

Après de longues minutes sous l'eau, elle se sentit brusquement aspirée vers le haut et émergea dans des eaux tourbillonnantes et chaudes. Aussitôt, une odeur de soufre la saisit aux narines. Elle tira le chaudron sur la berge du lac et examina les alentours. Fierdad, Diairmaid et Llasar avaient disparu. En fait, elle ne reconnut pas le paysage.

Je ne suis plus à Ériu, songea-t-elle, à la fois étonnée et anxieuse à la pensée de se retrouver dans un environnement inconnu.

Relevant la tête, elle remarqua que le lac était entouré de hautes montagnes aux sommets pointus encore recouverts de neige malgré la saison.

Piren! s'exclama-t-elle, en reconnaissant les montagnes qu'Éranann* lui avait décrites autrefois, quand ils étudiaient auprès de Maève. Elle rabattit sa cape sur ses épaules en réprimant un frisson. Puis un sourire lui monta aux lèvres. Bientôt, elle le savait, elle retrouverait son cheval Malaen.

Elle se tourna vers le chaudron, mais celui-ci n'était plus perceptible à l'œil nu ; néanmoins, elle sentait sa présence invisible, tout comme elle percevait celles de l'épée de Nuada et de la lance de Lug. Elle respira profondément pour se charger les poumons de l'air vivifiant de la montagne et pour se remplir la tête d'une bonne dose de détermination. Elle était maintenant en possession de trois des quatre talismans des Tribus de Dana ; elle avait donc accompli presque la moitié de sa mission.

Bon, en route! se dit-elle en se tournant vers les hautes montagnes qui la défiaient de toute leur majesté. *Je vais récupérer Malaen chez les Artabros. Et comme je l'ai promis à Érémon, je donnerai des nouvelles des Gaëls à Breogán, même si elles sont moins bonnes que prévu.*

Lexique

Chapitre 1

Alun: sulfate d'aluminium et de potassium (sorte de sel blanc), entrant aussi dans la composition de déodorant, utilisé dans les teintures

Beltaine: date correspondant plus ou moins au 1er mai

Betilolen: nom gaulois de la bardane

Bractée (une): pièce florale entre la feuille et la fleur d'une plante

Calleuse (adj. fém.): dont la peau est durcie et épaisse

Deirdriu, l'espionne: voir tome 1, *La Terre des Promesses*

Diairmaid, fils de Mac Oc et Caer: voir tome 6, *Le Chaudron de Dagda*

Fierdad: voir tome 1, *La Terre des Promesses*

Nuada à la Main d'argent: voir tome 3, *L'Épée de Nuada*

Rapine (une): vol, pillage

Samhain: date correspondant plus ou moins au 1er novembre

Sorcière Katell: voir tome 1, *La Terre des Promesses*

Chapitre 2

Dessein (un): but, intention, objectif
Petite Furie: voir tome 1, *La Terre des Promesses*
Scélérat (un): coquin, méchant

Chapitre 3

Boultenn: nom breton d'un jeu de boules celtique
Freluquet (un): jeune homme prétentieux
Gabalaccos: nom du javelot gaulois
Gouren: nom breton de la lutte celtique traditionnelle
Monter sur ses ergots: prendre une attitude agressive

Chapitre 4

Congénère (un): qui est de la même espèce
Fibule (une): épingle en métal utilisée pour fixer les extrémités d'un vêtement
Groin (un): museau du porc, du sanglier
Hallier (un): groupe de buissons touffus
Herbier aquatique (un): banc d'herbes ou d'algues, sous l'eau
Hure (une): tête du sanglier
Laie (une): femelle du sanglier
Mariage pour un an: voir tome 6, *Le Chaudron de Dagda*

Chapitre 5

Aduaidh: mot gaélique pour désigner le nord
Aniar: mot gaélique pour désigner l'ouest
Anoir: mot gaélique pour désigner l'est

Cutios: nom gaulois du mois d'avril
De but en blanc: sans préparation, brusquement
Dhéas: mot gaélique pour désigner le sud (*dexos* en gaulois)

CHAPITRE 6
Alevin (un): jeune poisson
Noisettes de la Sagesse: voir tome 4, *La Lance de Lug*
Source sacrée de Nechtan: voir tome 6, *Le Chaudron de Dagda*
Ysgolhaig: voir tome 2, *Les Treize Trésors de Celtie*

CHAPITRE 7
État cataleptique: état hypnotique pendant lequel les muscles sont paralysés
Keugant: voir tome 1, *La Terre des Promesses*
Vate: druide spécialisé en divination et en médecine

CHAPITRE 8
Endiguer: retenir les eaux par des digues, des barrages
Nemédiens: descendants de Nemed, une race de dieux

CHAPITRE 9
Lazzi (un): quolibet, moquerie
Scatach: voir tome 1, *La Terre des Promesses*
Uair: mot gaélique signifiant «heure»
Wythnos: mot celtique pour désigner huit nuits ou une semaine

Chapitre 10
Anaon : voir tome 1, *La Terre des Promesses*
Chaume : paille pour couvrir le toit des maisons

Chapitre 11
Cormac : voir tome 2, *Les Treize Trésors de Celtie*
Diwrnach : voir tome 2, *Les Treize Trésors de Celtie*
Venaison : chair de grand gibier (cerf, chevreuil, daim, sanglier)

Chapitre 12
Chapalu : voir tome 2, *Les Treize Trésors de Celtie*
Chiquenaude (une) : coup donné avec le majeur en appui sur le pouce et qu'on détend brusquement. On dit aussi une pichenette
Couffin (un) : corbeille de paille servant de berceau
Manteau d'invisibilité de Myrddhin : voir tome 2, *Les Treize Trésors de Celtie*
Vassal (un) : homme dépendant d'un autre

Chapitre 13
Bricumus : nom gaulois de l'armoise commune
Lochlann ou Royaume de nulle part : voir tome 4, *La Lance de Lug*
Mérisimorion : nom gaulois de la mélisse
Mustélidés : famille de petits prédateurs comprenant la belette, l'hermine, la fouine, le furet, le putois, le vison, la loutre, etc.

Chapitre 14

Ethal Anbual : voir tome 6, *Le Chaudron de Dagda*
Mois des invocations : avril (*Cutios* en gaulois)
Mordoré : brun chaud avec des reflets dorés
Ovin (un) : espèce à laquelle appartiennent les moutons, béliers, brebis

Chapitre 15

Bataille contre les Fils de Milé : voir tome 5, *Les Fils de Milé*
Champ des Adorations : voir tome 3, *L'Épée de Nuada*
Éber : voir tome 5, *Les Fils de Milé*
Éranann : voir tome 5, *Les Fils de Milé*
Érémon : voir tome 6, *Le Chaudron de Dagda*

Les Thuatha Dé Danann (Les Tribus de Dana)

Dagda : le Dieu Bon
Lug : le dieu de la Lumière
Mac Oc : le Fils jeune, le Jeune Soleil
Ogme : le dieu de l'Éloquence

Personnages ou objets issus de la mythologie ou de légendes corniques, écossaises, galiciennes, galloises, gauloises et irlandaises

Aed : nom de naissance de Goll, un des chefs des Fianna, du clan de Morna
Anaoch : l'assemblée générale des Fianna
Benandonner : un géant de Calédonie
Bendigeit : un seigneur de Cymru

Bodmall: la prêtresse-magicienne, mère adoptive de Demné-Finn

Bran et Scolan: les cousins de Finn, transformés en chiens

Cailté aux Longues Jambes: un chasseur-guerrier des Fianna

Cairell à la Peau Blanche: un chasseur-guerrier des Fianna

Cethern: le poète, fils de Fintan

Chapalu: le chat géant

Clan de Navin: les pisteurs des Fianna

Coblynaus: une race de nains mineurs de Cymru

Conan le Chauve: un chasseur-guerrier des Fianna, du clan de Morna

Crimal: le frère de Cumhal, du clan des Baiscné

Cruithné: la première femme de Finn

Cumhal: du clan des Baiscné, le père de Demné-Finn, l'ancien chef des Fianna

Dairé le Rouge: un des chefs des Fianna, du clan de Morna, le père d'Aed-Goll

Deirdriu: l'espionne des Fianna

Demné: « le daim », nom de naissance de Finn

Diairmaid: le fils de Mac Oc et Caer, un des chefs des Fianna

Diwrnach: un nain de la race des Coblynaus

Druide Noir: un méchant druide des Tribus de Dana

Esras: le druide de Gorias, protecteur de la lance de Lug

Fiacail: le brigand, professeur d'épée et de cheval de Demné-Finn

Fiacha à la Tête Large: le druide, un ami de Cumhal

Fianna (les): l'Ordre des chevaliers des Quatre Royaumes

Finn: «le blanc», le chef de l'Ordre des chevaliers des Quatre Royaumes, les Fianna

Finnegas: le maître de poésie de Finn

Fintan: vieux sage, le premier druide

Fomoré: une race de dieux incarnant les forces du Mal

Gal Gréine: le drapeau mythique des Fianna

Goll le Borgne: un des chefs des Fianna, du clan de Morna

Grannus: le soleil

Gris de Luachair: un Fianna du clan de Morna, assassin de Cumhal

Inssa: un fils adoptif de Finn

Kymideu: la femme de Diwrnach le Coblynaus

Liagan le Léger: un pisteur du Clan de Navin des Fianna

Liath Luachra: la guerrière-magicienne, mère adoptive de Demné-Finn

Lochan: le forgeron, père de Cruithné

Luagan le Fort: un chasseur-guerrier des Fianna

Luchet: l'un des compagnons de Cumhal, du clan des Baiscné

Midna: le monstre créé par les Fomoré

Muirné au Joli Cou: la mère de Demné-Finn

Oonagh: la femme d'une nuit de Finn

Rairiu : la mère de Muirné

Ronan : un fils adoptif de Finn

Sadv : la biche blanche, la femme-biche de Finn

Salytan : le serviteur de Finn

Semias le Subtil : le druide de Murias

Sirona : la lune

Swena Selga : un pisteur du Clan de Navin des Fianna, et père d'Inssa

Tagd : un druide, père de Muirné, grand-père de Finn

Tigernmas : le successeur d'Érémon à titre de Haut-Roi d'Ériu

Tyren : la sœur de Muirné la mère de Finn

Ullan : le magicien, mari de Tyren

Urgriu : un des chefs des Fianna, du clan de Morna

Yspaddaden le géant : le roi fomoré d'Acmoda

Lieux Existants

Acmoda : l'archipel des Shetland (Écosse)

An Mhí, la Terre du Milieu : le comté de Meath, république d'Irlande

Calédonie : l'Écosse

Connachta : Le Connaught, république d'Irlande

Cymru : le Pays de Galles

Île du Brouillard : Oileán Toraigh (Tory), Irlande du Nord

Lac du Chaudron : Llynn y Peir, au Pays de Galles

Laighean : le Leinster, république d'Irlande

Mhumhain : le Munster, république d'Irlande

Tara: Hill of Tara, comté de Meath, république d'Irlande

Ulaidh: l'Ulster, Irlande du Nord

LIEUX MYTHOLOGIQUES

Forteresse d'Allen: la résidence de Cumhal, père de Finn, une des forteresses des Fianna

Forteresse d'Almu: la résidence de Tagd, grand-père de Finn, une des forteresses des Fianna

Gorias: l'île de Feu, une des Îles du Nord du Monde, gouvernée par Esras

Lochlann: le Royaume de nulle part

PERSONNAGES INVENTÉS

Aël: une elfe, l'Enfance

Alani: le fils de Dal Cuinn

Banshee: la mère de Celtina

Cailech: «le coq», l'adversaire de Demné-Finn à Almu

Caradoc: le petit frère de Celtina

Celtina: une élève de l'île de Mona, surnommée Petite Aigrette, l'Élue

Cormac: un chasseur-guerrier des Fianna, frère d'armes de Fierdad

Dal Cuinn: le protecteur de Tara

Fierdad: un élève de l'île de Mona, ami de Celtina

Katell: la nourrice aveugle de Celtina

Malaen: le cheval de l'Autre Monde appartenant à Celtina

La production du titre : *Celtina, La Chaussée des Géants* sur 9 539 lb de papier Regeneration 100 plutôt que sur du papier vierge aide l'environnement des façons suivantes :

Arbres sauvés : 81
Évite la production de déchets : 2 337 kg
Réduit la quantité d'eau : 221 076 L
Réduit les matières en suspension dans l'eau : 14,8 kg
Réduit les émissions atmosphériques : 5 132 kg
Réduit la consommation de gaz naturel : 334 m^3

RELIURE LEDUC INC.
450-460-2105